O Garoto do Colorado

Stephen King

O Garoto do Colorado

Tradução
Regiane Winarski

Copyright © 2005 by Stephen King
Publicado mediante acordo com o autor através da The Lotts Agency, Ltd.

Grafia atualizada segundo o Acordo Ortográfico da Língua Portuguesa de 1990, que entrou em vigor no Brasil em 2009.

Título original
The Colorado Kid

Capa
Adaptada da capa original © 2019 by Paul Mann, ilustrada para a Hard Case Crime

Preparação
Gabriel Joppert

Revisão
Luís Eduardo Gonçalves
Valquíria Della Pozza

Dados Internacionais de Catalogação na Publicação (CIP)
(Câmara Brasileira do Livro, SP, Brasil)

King, Stephen
  O Garoto do Colorado / Stephen King ; tradução Regiane Winarski. — 1ª ed. — Rio de Janeiro : Suma, 2025.

  Título original : The Colorado Kid.
  ISBN 978-85-5651-266-6

  1. Ficção de suspense 2. Ficção norte-americana I. Título.

25-269103   CDD-813

Índice para catálogo sistemático:
1. Ficção de suspense : Literatura norte-americana 813

Cibele Maria Dias – Bibliotecária – CRB-8/9427

Todos os direitos desta edição reservados à
EDITORA SCHWARCZ S.A.
Praça Floriano, 19, sala 3001 — Cinelândia
20031-050 — Rio de Janeiro — RJ
Telefone: (21) 3993-7510
www.companhiadasletras.com.br
www.blogdacompanhia.com.br
facebook.com/editorasuma
instagram.com/editorasuma
x.com/editorasuma

Com admiração, para Dan J. Marlowe,
autor de The Name of the Game Is Death:
O mais durão dos durões.

1

Depois de concluir que não conseguiria nada de interessante dos dois idosos que compunham a equipe toda do *Weekly Islander*, o repórter do *Globe* de Boston deu uma olhada no relógio, comentou que ainda conseguiria pegar a barca da uma e meia para o continente se corresse, agradeceu aos dois pelo tempo cedido, deixou algum dinheiro sobre a mesa, apoiou o saleiro em cima para que a brisa litorânea quase forte não o levasse para longe e desceu correndo os degraus de pedra da área aberta do Grey Gull na direção da rua Bay e da cidadezinha abaixo. Fora algumas olhadas rápidas para os seios dela, ele quase nem reparou na jovem sentada entre os dois senhores.

Assim que o jornalista foi embora, Vince Teague estendeu a mão por sobre a mesa e pegou as duas notas de cinquenta que estavam embaixo do saleiro. Enfiou-as num bolso do velho e muito prático paletó de tweed com uma expressão de satisfação inconfundível.

— O que é que você tá *fazendo*? — perguntou Stephanie McCann, sabendo o quanto Vince adorava provocar "seus ossos jovens", como ele dizia (o quanto os dois adoravam, na verdade), mas incapaz, naquele momento, de esconder o tom de surpresa.

— O que você acha? — Vince parecia mais satisfeito do que nunca. Com o dinheiro guardado, ele fechou a aba do bolso e comeu o último pedaço do sanduíche de lagosta. Limpou a boca com o guardanapo e agarrou habilmente no ar o babador de plástico do jornalista do *Globe* quando outro sopro mais fresco da maresia tentou levá-lo. Sua mão estava retorcida de artrite de uma forma quase grotesca, mas ainda assim era bem veloz.

— Eu acho que você acabou de pegar o dinheiro que o sr. Hanratty deixou pra pagar nosso almoço — disse Stephanie.

— Aham. O olho tá bom, Steff — concordou Vince, e piscou para o outro homem sentado à mesa. Era Dave Bowie, que parecia ter mais ou menos a idade de Vince Teague, embora fosse, na verdade, vinte e cinco anos mais novo. Tudo dependia do equipamento que se ganhava na loteria da vida, ou pelo menos era isso que Vince alegava. Você o usava até ele se desfazer, consertando conforme necessário ao longo do caminho, e ele tinha certeza de que até para as pessoas que viviam cem anos, como ele esperava viver, no fim tudo não parecia muito mais do que uma tarde de verão.

— Mas *por quê*?

— Você tem medo de eu dar calote no Gull e sobrar pra Helen? — perguntou ele.

— Não... Quem é Helen?

— Helen Hafner, que nos atendeu. — Vince indicou com a cabeça o outro lado do terraço, onde uma mulher um pouco acima do peso, de uns quarenta anos, recolhia os pratos. — Porque essa é a política do Jack Moody, que por acaso é o dono deste belo estabelecimento, e do pai dele antes dele, se é que você se importa...

— Me importo sim.

David Bowie, editor-chefe do *Weekly Islander* já há quase tanto tempo quanto Helen Hafner tinha de vida, se inclinou e botou a mão gorducha sobre a jovem e bonita de Stephanie.

— Eu sei — disse ele. — Vince também sabe. É por isso que ele tá dando essa volta toda pra explicar.

— Porque as aulas começaram — disse ela, sorrindo.

— Isso mesmo — disse Dave —, e sabe o que é bom pra uns velhos como nós?

— Vocês podem se dar ao luxo de só ensinar pra quem quer aprender.

— Isso mesmo — disse Dave, e se encostou na cadeira. — Isso é bom.

Ele não estava de paletó ou jaqueta, e sim com um suéter verde. Era agosto e, apesar da brisa vinda do mar, Stephanie sentia calor ali no terraço do Gull, mas ela sabia que os dois homens eram friorentos. No caso de Dave, isso a surpreendia um pouco. Ele tinha só sessenta e cinco anos e uns quinze quilos de sobrepeso. Mas, embora Vince Teague não parecesse ter mais de setenta anos (e um setentão bem ágil, apesar das mãos retorcidas), ele tinha completado noventa naquele verão e era magro como um palito. "Um barbante recheado" era como a sra. Pinder, a secretária de meio período do *Islander*, o chamava, geralmente com uma fungada desdenhosa.

— A política do Grey Gull é que as garçonetes são responsáveis pelas contas das mesas delas até elas serem pagas — disse Vince. — Jack avisa isso pra todas quando elas vêm procurando trabalho, só pra elas não poderem reclamar depois, dizendo que não sabiam que era esse o acordo.

Stephanie observou o terraço, que ainda estava meio cheio apesar de ser uma e vinte, e depois olhou para o salão principal, com vista para a enseada Moose. Lá, quase todas as mesas ainda tinham gente, e ela sabia que, desde o Memorial Day, no final de maio, até o fim de julho, havia fila do lado de fora até umas três da tarde. Um caos controlado, em outras palavras. Esperar que as garçonetes acompanhassem cada cliente no meio dessa correria, carregando bandejas de lagostas e mariscos fumegantes pra lá e pra cá...

— Isso não parece... — Ela parou de falar, pensando se aqueles dois sujeitos, que provavelmente publicavam o jornal desde antes do salário mínimo ou coisas assim existirem, iam rir da cara dela se ela terminasse o raciocínio.

— *Honesto* pode ser a palavra que você está procurando — disse Dave secamente, e pegou um sanduichinho. Era o último da cesta.

Honesto foi pronunciado *honestam*, que rimava mais ou menos com *aham*, a palavra ianque que parecia significar tanto *sim* quanto *é mesmo?*. Stephanie era de Cincinnati, Ohio, e quando chegou à ilha de Moose-Lookit para fazer um estágio no *Weekly Islander*, ela quase entrou em desespero... que, no *dialeto* de lá, também rimava com *aham*. Como ela iria aprender alguma coisa se só conseguia entender uma palavra a cada sete? E se ela ficasse pedindo para eles repetirem, quanto tempo levaria para decidirem que ela era uma grande idiota (que, em Moose-Look, se pronunciava *idjiotam*, claro)?

Ela estava prestes a desistir depois de quatro dias de um programa de pós-graduação da Universidade de Ohio quando Dave a chamou de lado uma tarde e disse:

— Não desiste, Steffi, você vai pegar o jeito.

E ela pegou mesmo. Pareceu ser da noite para o dia, o sotaque ficou claro. Era como se ela tivesse uma bolha no ouvido que milagrosamente estourou. Ela achava que podia morar ali o resto da vida e nunca falar como eles, mas entender? Aham, isso ela conseguia, sim.

— Honesto era a palavra — concordou ela.

— Uma que nunca fez parte do vocabulário de Jack Moody — disse Vince, e sem mudar de tom: — Devolve o pãozinho, David Bowie, você está ficando gordo demais, eu juro, seu porquinho.

— Até onde eu sei, a gente não é casado, não — disse Dave, e comeu outro pedaço do sanduíche. — Você não pode falar pra ela o que tá passando nessa coisa aí que você chama de cabeça sem ficar me dando bronca?

— Ele não é atrevido? — disse Vince. — E ninguém nunca ensinou ele a não falar de boca cheia, pelo visto. — Ele passou um braço no encosto da cadeira e a brisa do mar brilhante soprou o cabelo fino e branco para longe da testa. — Steffi, a Helen tem três filhos entre doze e seis anos e um marido que a abandonou. Ela não quer ir embora da ilha e consegue, minimamente, se sustentar por aqui sendo garçonete no Grey Gull porque os verões são um pouco mais fartos do que os invernos são magros. Está entendendo?

— Sim, totalmente — disse Stephanie, e nessa hora a moça em questão se aproximou. Stephanie notou que ela estava usando uma meia-calça de alta compressão que não escondia completamente as varizes e tinha círculos escuros sob seus olhos.

— Vince, Dave — disse ela, e se contentou com um aceno de cabeça para a moça bonita, cujo nome ela não sabia. — O amigo de vocês saiu correndo. Foi pra pegar a barca?

— É — disse Dave. — Descobriu que tinha que voltar pra Boston.

— É mesmo? Acabaram aqui?

— Ah, pode deixar mais um pouco — disse Vince —, mas traz a conta quando quiser, Helen. As crianças estão bem?

Helen Hafner fechou o rosto.

— Jude caiu da casa da árvore e quebrou o braço semana passada. E como ele gritou! Quase me mata de medo!

Os dois homens se olharam… e riram. Mas ficaram sérios rapidinho, parecendo constrangidos, e Vince ofereceu solidariedade, o que não bastou para Helen.

— Os homens conseguem dar risada — disse ela para Stephanie com um sorriso cansado e sardônico. — *Todos* eles caíram de casas na árvore e quebraram o braço quando eram garotos e todos lembram do quanto aprontavam. O que eles não lembram é da mãe acordando no meio da noite pra dar remédio. Vou trazer sua conta. — Ela saiu andando usando seus tênis com os calcanhares gastos.

— Ela é uma boa pessoa — disse Dave, tendo a elegância de fazer cara de envergonhado.

— É, sim — disse Vince —, e se levamos uma bronca deve ser porque nós merecemos. Mas a questão desse almoço é a seguinte, Steffi. Eu não sei quanto custam três sanduíches de lagosta e um prato de lagosta com legumes mais quatro chás gelados em Boston, mas o tal repórter deve ter esquecido que aqui nós vivemos no que um economista chamaria de "local de fornecimento", e daí deixou cem pratas na mesa. Se a conta que a Helen trouxer der mais do que cinquenta e cinco dólares, eu vou beijar um porco sorrindo. Tudo bem até aqui?

— Sim, claro — disse Stephanie.

— O jeito como isso funciona pro sujeito do *Globe* é que ele risca *Almoço*, *Grey Gull*, *ilha de Moose-Lookit* e *Série de Mistérios Inexplicados* no caderninho de gastos do *Boston Globe* enquanto está lá na barca de volta pro continente. Se for honesto, ele escreve cem dólares e, se tiver uma coceirinha na mão, escreve cento e vinte e leva a namorada ao cinema com o troco. Entendeu?

— Entendi — disse Stephanie, e o encarou com olhar de reprovação enquanto tomava o resto do chá gelado. — Eu acho que você é muito cínico.

— Não, se eu fosse muito cínico, teria dito cento e *trinta*, sem dúvida. — Isso fez Dave soltar uma risada pelo nariz. — De qualquer modo, ele deixou cem, e são pelo menos trinta e cinco dólares a mais, mesmo com uma gorjeta de vinte por cento. Então eu peguei o dinheiro dele. Quando a Helen trouxer a conta, eu vou assinar, porque o *Islander* tem conta aqui.

— E você vai dar uma gorjeta de mais de vinte por cento, espero — disse Stephanie —, considerando a situação dela em casa.

— É aí que você está enganada — disse Vince.

— Estou? *Por que* eu estou?

Ele olhou para ela com paciência.

— Por que você acha? Porque eu sou muquirana? Tenho mão de ianque?

— Não. Eu não acho isso, assim como não acho que homens negros são preguiçosos ou que os homens franceses pensam em sexo o dia todo.

— Então bota o cérebro pra trabalhar. Deus te deu um bom.

Stephanie tentou, e os dois homens a observaram, interessados.

— Ela veria como caridade — disse Stephanie por fim.

Vince e Dave trocaram um olhar, achando aquilo divertido.

— O quê? — perguntou Stephanie.

— Está chegando meio perto dos homens negros preguiçosos e dos franceses sensuais, não é, querida? — perguntou Dave, carregando deliberadamente o sotaque até um arrastado quase burlesco. — Só que agora é a mulher ianque orgulhosa que não aceita caridade.

Sentindo que estava entrando cada vez mais fundo no bosque sociológico, Stephanie disse:

— Você quer dizer que ela aceitaria. Pelas crianças, ainda que não por ela.

— O homem que pagou nosso almoço era de fora — disse Vince. — Pra Helen Hafner, as pessoas de fora têm dinheiro saltando do... da carteira.

Achando graça do desvio súbito para a delicadeza por causa dela, Stephanie olhou ao redor, primeiro pela área do terraço onde eles estavam sentados, depois através do vidro para a área interna. E ela viu uma coisa interessante. Muitos, talvez até a maioria, dos clientes do lado de fora na brisa eram da ilha, assim como a maioria das garçonetes atendendo. Na parte coberta estavam os veranistas, os chamados "do continente", e as *garçonetes* que os serviam eram mais jovens. E mais bonitas, e todas de fora. Contratações de verão. E, de repente, ela entendeu. Ela tinha se enganado ao colocar o chapéu de socióloga. Era bem mais simples.

— As garçonetes do Grey Gull dividem a gorjeta, né? — perguntou ela. — É isso.

Vince apontou o dedo como uma arma na direção dela e disse:

— Na mosca.

— E o que você vai fazer?

— O que eu vou fazer — disse ele — é dar quinze por cento de gorjeta quando eu assinar a conta e botar quarenta dólares da grana daquele sujeito do *Globe* no bolso da Helen. Ela recebe tudo, o jornal não é prejudicado, e o que o Tio Sam não sabe não é da conta dele.

— É assim que os Estados Unidos funcionam — disse Dave solenemente.

— E sabe do que eu gosto? — disse Vince Teague, virando o rosto para o sol. Quando ele apertou os olhos contra o brilho, o que pareceram ser mil rugas surgiram em sua pele. Não o fizeram parecer ter a idade que tinha, mas *conseguiram fazer* que parecesse ter oitenta.

— Não, de quê? — perguntou Stephanie, achando graça.

— Eu gosto de como o dinheiro dá voltas e voltas, que nem as roupas numa secadora. Gosto de ver. E, desta vez, quando a máquina parar de girar, o dinheiro vai terminar aqui em Moosie, onde as pessoas precisam dele de verdade. Além disso, só pra deixar tudo perfeito, aquele sujeito da cidade pagou *mesmo* pelo nosso almoço e foi embora sem *nada*.

— Saiu correndo, na verdade — disse Dave. — Tinha que pegar a barca, né. Me fez pensar no poema da Edna St. Vincent Millay. "Nós estávamos exaustos, mas na maior alegria, passamos a noite na barca enquanto ela ia e vinha." Não é bem isso, mas é quase.

— Ele não estava na maior alegria, mas vai estar mesmo exausto quando chegar na próxima parada — disse Vince. — Acho que ele mencionou Madawaska. Pode ser que encontre mistérios inexplicáveis lá. Por que alguém ia querer morar num lugar daqueles, por exemplo. Dave, me ajuda aqui.

Stephanie acreditava que havia uma espécie de telepatia entre os dois senhores; rudimentar, mas real. Ela tinha visto vários exemplos disso desde que chegara à ilha de Moose-Lookit quase três meses antes e estava vendo outro exemplo agora. A garçonete vinha vindo com a conta na mão. Dave estava de costas para ela, mas Vince a viu chegando e o homem mais jovem soube exatamente o que o editor do *Islander* queria. Dave enfiou a mão no bolso de trás, pegou a carteira, tirou duas cédulas, dobrou-as entre os dedos e as passou por cima da mesa. Helen chegou no momento seguinte. Vince pegou a conta da mão dela com a mão retorcida. Com a outra, enfiou as cédulas no bolso da saia do uniforme dela.

— Obrigado, querida — disse ele.

— Certeza que não querem uma sobremesa? — perguntou ela. — Tem o bolo de chocolate com cereja do Mac. Não está no cardápio, mas ainda tem um pouco.

— Eu passo. Steffi?

Ela fez que não. Com uma certa pena, Dave Bowie fez o mesmo.

Helen favoreceu (se é que a palavra era essa) Vincent Teague com uma expressão de julgamento severo.

— Ganhar um pouco de peso seria bom pra você, Vince.

— Jack Sprat e a esposa, esses somos Dave e eu — disse Vince alegremente.

— Aham. — Helen olhou para Stephanie e um dos olhos cansados se fechou numa breve piscadela de surpreendente bom humor. — Você escolheu uma dupla e tanto, garota.

— Eles são legais — disse Stephanie.

— Claro, e depois disso você provavelmente vai direto pro *New York Times* — disse Helen. Ela pegou os pratos e acrescentou: — Já volto pra pegar o resto das coisas. — E saiu andando.

— Quando encontrar aqueles quarenta dólares no bolso — disse Stephanie —, será que ela vai saber quem foi que colocou lá?

Ela olhou de novo para o pátio, onde uns bons vinte clientes tomavam café, chá gelado, cervejas vespertinas, ou comiam o bolo de chocolate com cereja que não estava no cardápio. Nem todos pareciam capazes de enfiar quarenta dólares em dinheiro no bolso de uma garçonete, mas alguns sim.

— Ela provavelmente vai saber — disse Vince. — Mas me diz uma coisa, Steffi.

— Eu digo se eu puder.

— Se ela não soubesse, isso tornaria o dinheiro ilícito?

— Eu não sei o que você...

— Acho que sabe sim — ele disse. — Vem, vamos voltar pro jornal. As notícias não esperam.

2

Ali estava o que Stephanie mais amava no *Weekly Islander*, o que ainda a encantava depois de três meses passados quase exclusivamente escrevendo anúncios: numa tarde de céu limpo, bastavam seis passos da sua mesa para ter uma vista linda da costa do Maine. Era só andar até a varanda coberta que dava para o mar e acompanhava a fachada do prédio do jornal, que mais parecia um celeiro. Era verdade que o ar tinha cheiro de peixe e alga, mas tudo em Moose-Look cheirava assim. Você ia se acostumando, Stephanie tinha descoberto, e aí algo incrível acontecia: depois que seu nariz já não dava mais atenção para o cheiro, ele o encontrava de novo e, na segunda vez, você se apaixonava por ele.

Numa tarde de céu limpo (como aquela, perto do fim de agosto), todas as casas e docas e barcos de pesca que ficavam lá para o lado de Tinnock da enseada se destacavam com uma nitidez fascinante. Ela conseguia ler o SUNOCO na lateral de uma bomba de diesel e o *LeeLee Bett* no casco do ganha-pão de algum pescador de hadoque, parado na areia para a raspagem e pintura da virada de estação. Ela via um garoto de calção e camiseta recortada do New England Patriots pescando do cascalho cheio de lixo abaixo do Bar do Preston, além de mil lampejos solares cintilando nas ripas de metal de cem telhados do vilarejo. E, entre o vilarejo Tinnock (que era na verdade uma cidadezinha de bom tamanho) e a ilha de Moose-Lookit, o sol brilhava na água mais azul que ela já tinha visto. Em dias como aquele, ela se perguntava como voltaria para o Meio-Oeste, se é que conseguiria fazê-lo. E nos dias em que a neblina chegava, como que cancelando o mundo inteiro no continente, e o grito pesaroso do alarme de nevoeiro ia e vinha como a voz de uma criatura ancestral... ora, ela se perguntava a mesma coisa.

É bom ficar esperta, Steffi, dissera Dave um dia, quando ele deu de cara com ela sentada na varanda, o bloco de notas amarelo no colo e um texto para a coluna Artes & Outras Coisas pela metade, na sua caligrafia grande. *A vida na ilha tem um jeito de entrar no sangue e, quando entra, é que nem malária. Não sai com facilidade.*

Agora, depois de acender as luzes (o sol começava a cruzar para o outro lado e a sala comprida escurecia), ela se sentou à mesa e encontrou o bloco de confiança com uma nova coluna Artes & Outras Coisas no alto da página. Essa era praticamente intercambiável com qualquer uma das outras seis que já tinha entregado, mas ela a olhava com uma afeição inegável mesmo assim. Afinal, era dela, o seu trabalho, a escrita pela qual lhe pagavam, e ela não tinha dúvida de que tinha gente por toda a área de circulação do *Islander*, que era bem grande, que realmente a lia.

Vince se sentou à mesa com um grunhido baixo, mas audível. O grunhido foi seguido de um estalo quando ele girou o tronco primeiro para a esquerda e depois para a direita. Ele chamava isso de "colocar a coluna no lugar". Dave disse que um dia ele ficaria paralisado do pescoço para baixo enquanto estivesse "colocando a coluna no lugar", mas Vince parecia plenamente despreocupado com essa possibilidade. Agora, ele ligava o computador enquanto o editor-chefe, no canto da mesa, sacava um palito de dentes e começava a usá-lo para cutucar a parte de cima da dentadura.

— O que vai ser? — perguntou Dave enquanto Vince esperava o computador iniciar. — Incêndio? Enchente? Terremoto? Ou a revolta das multidões?

— Pensei em começar com Ellen Dunwoodie arrancando o hidrante na via Beach por causa do freio de mão que falhou. Aí, depois de dar uma aquecida, pensei em reescrever o meu editorial sobre a biblioteca — disse Vince, e estalou os dedos.

Dave olhou para Stephanie de seu canto na mesa de Vince.

— Primeiro as costas, depois os dedos — disse ele. — Se ele aprendesse a tocar "Dry Bones" nas costelas, a gente levava ele para o *American Idol*.

— Sempre crítico — disse Vince tranquilo, esperando a máquina ligar. — Sabe, Steff, tem algo de perverso nisso. Aqui estou eu, com noventa anos e pronto para o paletó de madeira, usando um computador Macintosh novinho, e você aí, vinte e dois anos e linda, viçosa como um pêssego fresco, rabiscando nesse bloco amarelo como uma velha solteirona num romance vitoriano.

— Acho que ainda não tinham inventado o bloco de notas na época vitoriana — disse Stephanie. Ela remexeu os papéis na mesa. Quando chegou a Moose-Look e ao *Weekly Islander* em junho, ela ficou com a menor mesa da sala, um pouco mais do que uma carteira escolar, escondida num canto. No meio de julho, ela tinha sido promovida para uma maior no meio da sala. Isso lhe agradou, mas o espaço maior na mesa também oferecia uma área maior para as coisas se perderem. Ela ficou caçando até encontrar uma circular rosa-choque. — Algum de vocês sabe qual é a instituição que se beneficia com o Baile, Piquenique e Passeio no Feno Anual de Fim de Verão das Fazendas Gernerd, este ano com a presença de Little Jonna Jaye e dos Straw Hill Boys?

— Essa instituição seria Sam Gernerd, a esposa dele, os cinco filhos e os vários credores deles — disse Vince, e o computador dele apitou. — Faz tempo que estou pra te dizer, Steff, você fez um trabalho muito bacana naquela sua coluna.

— Fez mesmo — concordou Dave. — Chegaram mais de vinte cartas, acho, e a única ruim foi da sra. Edina Steen, a Rainha da Gramática da região, e ela é completamente maluca.

— Louquinha de pedra — concordou Vince.

Stephanie sorriu, se admirando de como era raro, depois que a infância acabava, ter essa sensação de felicidade perfeita e descomplicada.

— Obrigada — disse ela. — Obrigada aos dois. — E em seguida: — Posso perguntar uma coisa? Bem na lata?

Vince girou a cadeira e olhou para ela.

— Qualquer coisa no mundo se me deixar longe da sra. Dunwoodie e do hidrante — disse ele.

— E eu longe de cuidar das notas fiscais — disse Dave. — Apesar de que eu só posso ir pra casa quando terminar.

— Não vai deixar essa papelada mandar em você! — disse Vince. — Quantas vezes já te disse?

— É fácil falar — retorquiu Dave. — Você não deve olhar o talão de cheques do *Islander* há uns dez anos, e muito menos tem que andar com ele por aí.

Stephanie estava determinada a não deixar eles perderem o foco, nem deixar eles fazerem ela perder o dela, no meio daquela velha implicância.

— Já deu, vocês dois.

Eles olharam para ela em um silêncio surpreso.

— Dave, você basicamente contou àquele sr. Hanratty do *Globe* que você e o Vince trabalham juntos no *Islander* há quarenta anos.

— Aham…

— … e que você fundou o jornal em 1948, Vince.

— É verdade — disse ele. — Era *The Weekly Shopper and Trading Post* até o verão de 1948, só um folheto gratuito nos vários mercados da ilha e nas lojas maiores do continente. Eu era jovem e cabeça-dura e sortudo à beça. Foi quando aconteceram os grandes incêndios em Tinnock e Hancock. Esses incêndios… eles não *fizeram* o jornal, não diria isso, apesar de que alguns disseram na época, mas deram um bom empurrão, sem dúvida. Foi só em 1956 que eu tive a mesma quantidade de anúncios que no verão de 1948.

— Então vocês fazem esse trabalho há mais de cinquenta anos e nesse tempo todo *nunca* encontraram um mistério inexplicado de verdade? É isso mesmo?

Dave Bowie pareceu chocado.

— A gente nunca disse isso!

— Ora, você estava *lá*! — declarou Vince, igualmente escandalizado.

Por um momento, eles sustentaram essas expressões, mas quando Stephanie McCann ficou só olhando de um para o outro, aprumada como uma professora num faroeste de John Ford, eles não conseguiram continuar. Primeiro a boca de Vince Teague começou a tremer num canto, depois o olho de Dave Bowie começou a se contorcer. Eles até poderiam ter aguentado mesmo assim, mas cometeram o erro de olhar um para o outro, e um momento depois eles estavam gargalhando como os dois garotos mais velhos do mundo.

3

— Foi você que contou pra ele sobre a *Bela Lisa* — disse ele para Vince quando conseguiu ficar sério de novo. A *Bela Lisa Cabot* era um barco de pesca que foi levado pelo mar até a praia da ilha vizinha de Smack nos anos 1920 e apareceu com um membro da tripulação morto caído sobre o porão dianteiro e os outros cinco desaparecidos. — Quantas vezes você acha que Hanratty ouviu essa história nas viagens dele por esta parte da costa?

— Ah, sei lá, em quantos lugares você acha que ele parou antes de vir pra cá, querido? — retrucou Vince, e os dois logo começaram de novo, gargalhando alto, Vince estapeando o joelho ossudo e Dave batendo na lateral da coxa grossa.

Stephanie os observou, a testa franzida. Não com raiva, não achando graça (bem... um pouco), mas tentando entender a fonte do humor escandaloso deles. Ela tinha achado a história do *Bela Lisa Cabot* boa para pelo menos render um texto em uma série de oito artigos sobre, tcharam, Mistérios Inexplicados da Nova Inglaterra, mas ela não era boba nem insensível. Ela percebeu claramente que o *sr. Hanratty* não tinha achado que servia. E, sim, ela viu na cara dele que ele já a tinha ouvido antes, nas andanças de uma ponta à outra da costa entre Boston e Moose-Look pagas pelo *Globe*, e provavelmente mais de uma vez.

Vince e Dave assentiram quando ela apresentou essa ideia.

— Aham — disse Dave. — Hanratty pode ser de fora, mas não quer dizer que seja preguiçoso ou burro. O mistério da *Bela Lisa*, que certamente tem a ver com contrabandistas armados trazendo mercadoria do Canadá, apesar de que não dá pra ter certeza, já roda por aí há anos. Já foi registrado em um punhado de livros, sem mencionar as revistas *Yankee* e *Downeast*. E, Vince, o *Globe* não...?

Vince assentia balançando a cabeça.

— Talvez. Uns sete, talvez nove anos atrás. Um artigo no suplemento de domingo. Se bem que pode ter sido o *Journal* de Providence. Sei que foi o *Telegram* de domingo de Portland que publicou aquele artigo sobre os mórmons que apareceram em Freeport e tentaram escavar uma mina no deserto do Maine...

— E as Luzes Costeiras de 1951 viram manchete nos jornais quase todos os anos no Halloween — acrescentou Dave com alegria. — Sem falar nos sites de óvnis.

— E uma mulher escreveu um livro ano passado sobre o envenenamento naquele piquenique de igreja em Tashmore — concluiu Vince. Esse foi o último "mistério inexplicado" que eles tinham oferecido ao repórter do *Globe* durante o almoço. Isso foi logo antes de Hanratty decidir que conseguiria pegar a barca da uma e meia, e de certa forma Stephanie achava que agora o entendia.

— Então vocês estavam tirando uma com a cara dele — disse ela. — Provocando com essas histórias antigas.

— Não, querida! — disse Vince, desta vez parecendo realmente chocado. (*Bom, talvez*, pensou Stephanie.) — Todos esses são mistérios não solucionados *de verdade* da costa da Nova Inglaterra, da nossa parte, inclusive.

— A gente não tinha como ter certeza de que ele conhecia todas essas histórias até contar tudo — disse Dave com sensatez. — Não que tenha nos surpreendido que ele já sabia.

— Não mesmo — concordou Vince. Os olhos dele brilhavam. — São umas histórias bem batidas, tenho que concordar. Mas conseguimos um bom almoço por causa delas, né? E vimos aquele dinheiro dar a volta e ir parar bem onde deveria... uma parte no bolso de Helen Hafner.

— E essas são mesmo as únicas histórias que vocês conhecem? Casos que já foram espremidos até a última gota em livros e nos grandes jornais?

Vince olhou para Dave, seu antigo companheiro.

— Eu falei isso?

— Não — disse Dave. — E acho que eu também não.

— Mas então, afinal, quais mistérios inexplicados vocês *conhecem*? E por que não contaram pra ele?

Os dois homens se olharam e novamente Stephanie McCann sentiu aquela telepatia em ação. Vince acenou de leve na direção da porta. Dave se levantou, atravessou a metade bem iluminada da sala comprida (na metade mais escura estava a prensa ofsete grande e antiga que já não funcionava havia sete anos) e virou a placa pendurada na porta de ABERTO para FECHADO. E voltou.

— Fechado? No meio do dia? — perguntou Stephanie, com uma ligeira inquietação na mente, ainda que não na voz.

— Se chegarem com uma notícia, vão bater — disse Vince com um tom razoável. — Se for uma notícia importante, vão esmurrar a porta.

— E se o centro pegar fogo, nós vamos ouvir a sirene — observou Dave. — Vamos pra varanda, Steffi. O sol de agosto não deve ser desperdiçado. Ele não dura muito.

Ela olhou para Dave, depois para Vince Teague, que aos noventa anos tinha a velocidade mental de alguém com quarenta e cinco. Ela foi convencida.

— Hora da aula? — perguntou ela.

— Isso mesmo — disse Vince, e mesmo que ele ainda sorrisse, ela sentiu que estava falando sério. — E sabe o que é bom pra uns caras velhos como nós?

— Vocês só precisam ensinar quem quer aprender.

— Aham. *Você* quer aprender, Steffi?

— Quero. — Ela falou sem hesitar, apesar da estranha inquietação interna.

— Vamos sentar lá fora, então — disse ele. — Vem, vamos sentar um pouquinho lá fora.

E ela foi.

4

O sol estava quente, o ar estava fresco, a brisa doce carregada de sal e do som dos sinos e sirenes e da água batendo. Esses eram sons que ela passou a amar num pequeno intervalo de semanas. Os dois homens estavam sentados um de cada lado dela, e apesar de ela não saber, ambos pensavam mais ou menos a mesma coisa: *A idade acompanha a beleza.* E não havia nada de errado nisso, porque os dois entendiam que suas intenções eram perfeitamente firmes. Eles entendiam o quanto ela podia ser boa no trabalho e o quanto queria aprender; essa avidez bonita fazia um sujeito *querer* ensinar.

— Muito bem — disse Vince depois que se acomodaram. — Pensa nas histórias que contamos ao Hanratty no almoço, Steffi: o *Lisa Cabot*, as Luzes Costeiras, os Mórmons Andarilhos, os envenenamentos da igreja de Tashmore, essas que nunca foram resolvidas. Me diz o que elas têm em comum.

— *Nenhuma* foi resolvida.

— Se esforça um pouco mais, florzinha — disse Dave. — Assim você me decepciona.

Ela olhou para ele e viu que ele não estava brincando. Bom, isso *era* bem óbvio, considerando o motivo de Hanratty ter bancado um almoço: a série de oito partes do *Globe* (talvez até dez, Hanratty dissera, se ele conseguisse encontrar tantas histórias peculiares), que os editores pretendiam publicar entre setembro e o Halloween.

— Todas já foram exploradas até dizer chega?

— Agora está um pouco melhor — disse Vince —, mas você continua sem dizer nada de novo. Pensa assim, minha jovem: *por que* elas foram muito exploradas? Por que algum jornal da Nova Inglaterra ressuscita a história das Luzes Costeiras pelo menos uma vez por ano, com uma série de fotos borradas de meio século atrás? Por que uma dessas revistas regionais como a *Yankee* ou a *Coast* entrevista Clayton Riggs ou Ella Ferguson pelo menos uma vez por ano, como se eles fossem de repente brotar como Satanás de calça de seda e dizer algo novo?

— Eu não sei quem são essas pessoas — disse Stephanie.

Vince bateu com a mão na nuca.

— Ah, é mesmo, besteira minha. Eu vivo esquecendo que você é de fora.

— Devo entender isso como elogio?

— Acho que pode. Provavelmente, que *deve*. Clayton Riggs e Ella Ferguson são os únicos dois que beberam o café gelado naquele dia no lago Tashmore e não foram mortos por ele. A Ferguson está bem, mas o Riggs ficou com todo o lado esquerdo do corpo paralisado.

— Que horror. E continuam entrevistando os dois?

— Aham. Quinze anos se passaram, e eu acho que todo mundo que tenha meio cérebro sabe que ninguém vai ser preso por aquele crime, oito pessoas envenenadas na margem do lago, seis mortas. Mas Ferguson e Riggs ainda aparecem na imprensa, cada vez mais debilitados. "O que aconteceu naquele dia?" e "Horror à beira do lago" e... você entendeu. É só mais uma história que as pessoas gostam de ouvir, tipo "Chapeuzinho Vermelho" ou "Os três porquinhos". A pergunta é... *por quê?*

Mas Stephanie já tinha dado um salto à frente.

— *Tem* alguma coisa aí, não tem? — disse ela. — Uma história que vocês não contaram pra ele. Qual é?

Eles trocaram novamente aquele olhar, e desta vez ela não conseguiu nem chegar perto de ler o pensamento transmitido. Eles estavam sentados em cadeiras idênticas, Stephanie com as mãos nos braços da dela. Agora, Dave alcançou com sua mão uma delas.

— Nós não nos importamos de te contar... né, Vince?

— Não, acho que não — disse Vince, e novamente todas aquelas rugas apareceram enquanto ele sorria para o sol.

— Mas, se você quer andar de barca, tem que trazer chá para o timoneiro. Já ouviu essa música, "Tea for the Tillerman"?

— Em algum lugar. — Ela pensou nos discos velhos da mãe, no sótão.

— Tá certo — disse Dave —, mas então responde à pergunta. Hanratty não quis aquelas histórias porque elas já estão mais do que batidas. E por que isso?

Ela pensou, e outra vez eles permitiram. Novamente, tiveram prazer vendo-a pensar.

— Bom — disse Stephanie por fim —, imagino que as pessoas gostem de histórias que provoquem um arrepio à noite, principalmente com as luzes acesas e a lareira quentinha e aconchegante. Histórias sobre o desconhecido.

— Quantas coisas desconhecidas por história, querida? — perguntou Vince Teague. A voz dele estava suave, mas os olhos estavam afiados.

Ela abriu a boca para dizer *Pelo menos seis, né*, pensando no Envenenamento do Piquenique da Igreja, mas a fechou novamente. Seis pessoas tinham morrido naquele dia, às margens do lago Tashmore, mas uma dose enorme matou todos, e ela supunha que a mão que a administrara tinha sido só uma. Ela não sabia quantas Luzes Costeiras houvera, mas não tinha dúvida de que as pessoas consideravam aquilo um único fenômeno. Então...

— Uma? — disse ela, se sentindo uma participante da rodada final de *Jeopardy*. — Uma coisa desconhecida por história?

Vince apontou pra ela com o dedo, sorrindo mais largamente do que nunca, e Stephanie relaxou. Ela não estava na escola, e aqueles homens não gostariam menos dela se ela errasse uma resposta, mas ela queria agradar-lhes de um jeito que só desejara com os melhores professores do ensino médio e da faculdade. Os que se dedicavam de forma intensa.

— A outra questão é que as pessoas precisam acreditar do fundo do coração que tem um *só pode ter sido isso* em algum lugar, e que elas têm uma boa ideia do que é — disse Dave. — Vamos pegar o *Bela Lisa*, que foi parar nas pedras ao sul de Dingle Nook na ilha de Smack em 1926…

— Foi em 27 — disse Vince.

— Tudo bem, em 1927, espertinho, e Teodore Riponeaux ainda está a bordo, mas mortinho da silva, e os outros cinco sumiram, e apesar de não haver sinal de sangue nem de luta, as pessoas dizem que *só podem ter sido* piratas, e aí surge uma história de que tinha um mapa do tesouro e encontraram ouro enterrado e as pessoas que estavam protegendo o ouro tiraram tudo deles e vai saber o que mais.

— Ou que eles brigaram entre eles — disse Vince. — Essa é outra das teorias favoritas para o *Bela Lisa*. A questão é que tem histórias que umas pessoas contam e outras pessoas gostam de ouvir, mas Hanratty teve a esperteza de entender que o editor dele não ia cair nesses casos requentados.

— Daqui a uns dez anos, talvez — disse Dave. — Porque, mais cedo ou mais tarde, tudo que é velho fica novo de novo. Você pode não acreditar nisso, Steffi, mas é verdade.

— Eu acredito *sim* — disse ela, e pensou: *chá para o timoneiro, Tea for the Tillerman, era Al Stewart ou Cat Stevens?*

— E tem as Luzes Costeiras — disse Vince —, e eu posso te dizer exatamente o que sempre tornou essa uma história adorada. Tem uma foto delas, provavelmente são só os reflexos das luzes de Ellsworth nas nuvens baixas amontoadas, de um jeito certo pra formar círculos que pareciam discos, e abaixo delas dá pra ver o time infantil inteiro do Hancock Lumber olhando para cima, todos de uniforme.

— E um garotinho apontando com a luva — disse Dave. — É o toque final. E as pessoas olham pra isso e dizem: "Ora, *só podem ter sido* seres do espaço sideral que apareceram pra dar uma olhadinha no grande passatempo americano". Mas ainda assim é só uma coisa desconhecida, desta vez com fotos interessantes pra se olhar, e as pessoas ficam voltando a ela.

— Mas não o *Globe* — disse Vince —, apesar de eu sentir que essa pode acabar sendo usada daqui a pouco.

Os dois homens riram bem à vontade, como velhos amigos fazem.

— Então — disse Vince —, a gente talvez conheça um mistério inexplicado ou dois...

— Não vou concordar com isso, não — disse Dave. — Nós conhecemos pelo menos um, querida, mas não tem um único *só pode ter sido isso* nela...

— Bom... o bife — disse Vince, mas pareceu em dúvida.

— Ah, aham, mas até *isso* é um mistério, você não diria? — perguntou Dave.

— É — concordou Vince, e agora ele não pareceu à vontade no jeito de falar. Nem na expressão.

— Vocês estão me deixando confusa — disse Stephanie.

— Aham, a história do Garoto do Colorado é uma história confusa mesmo — disse Vince —, e é por isso que não serviria pro *Globe*, sabe. Tem coisas desconhecidas demais, pra começar. E não tem um único *só pode ter sido isso*. — Ele se inclinou e grudou o olhar ianque azul límpido nela. — Você quer ser jornalista, né?

— Você sabe que quero — disse Stephanie, surpresa.

— Bom, então vou te contar um segredo que quase todos os jornalistas que já estão há algum tempo na profissão sabem: na vida real, as histórias verdadeiras, com começo, meio e fim, são pouquíssimas. Mas se você puder dar aos seus leitores só uma coisa desconhecida, duas no máximo, e incluir o que Dave Bowie ali chama de *só pode ter sido isso*, seu leitor vai contar uma história *pra si mesmo*. Incrível, né?

"Veja o Envenenamento do Piquenique da Igreja. Ninguém sabe quem matou aquelas pessoas. O que se *sabe* é que Rhoda Parks, a secretária da igreja metodista de Tashmore, e William Blakee, o *pastor* da igreja metodista, tiveram um caso curto seis meses antes do envenenamento. Blakee era casado e acabou terminando com ela. Está comigo?"

— Estou — disse Stephanie.

— O que *também* se sabe é que Rhoda Parks ficou desesperada com o rompimento, ao menos por um tempo. A irmã dela que nos contou. Um terceiro ponto que se sabe... Rhoda Parks e William Blakee tomaram aquele café gelado envenenado no piquenique e morreram. Então, qual é o *só pode ter sido isso*? Ligeirinho, como se a sua vida dependesse disso, Steffi.

— Rhoda deve ter envenenado o café pra matar o amante por tê-la rejeitado e decidiu beber pra cometer suicídio. Os outros quatro, fora os que só passaram mal, foram, como é que se diz? Dano colateral.

Vince estalou os dedos.

— Aham, essa é a história que as pessoas dizem pra elas mesmas. Os jornais e revistas nunca chegam a publicar isso porque não precisam. Eles sabem que todo mundo vai juntar os pontos. E o que há de errado aí? De novo ligeirinho, como se a sua vida dependesse disso, Steffi.

Mas, desta vez, ela teria perdido a vida, porque Stephanie não conseguiu pensar em nada. Ela estava prestes a protestar que não conhecia o caso bem o suficiente para responder, quando Dave se levantou, se aproximou do guarda-corpo da varanda, olhou para o mar na direção de Tinnock e comentou placidamente:

— Seis meses parece tempo demais pra esperar, né?

— Não dizem que a vingança é um prato que se come frio? — perguntou Stephanie.

— Aham — disse Dave, ainda perfeitamente calmo —, mas quando você mata seis pessoas, bom, aí tem mais do que só vingança. Não estou dizendo que *não tem como* ser apenas isso, mas que pode ter sido outra coisa. Assim como as Luzes Costeiras podem ter sido reflexo nas nuvens... ou algo secreto que a Força Aérea estava testando e que foi enviado da base aérea de Bangor... ou, quem sabe, talvez *fossem* homenzinhos verdes descendo pra ver se as crianças do Hancock Lumber conseguiriam uma queimada dupla contra as do Tinnock Auto Body.

— O que mais acontece é que as pessoas inventam uma história e ficam nela — disse Vince. — É fácil fazer isso desde que haja um único fator desconhecido: um envenenador, um conjunto de luzes misteriosas, um barco que encalhou com a maioria da tripulação desaparecida. Mas, com o Garoto do Colorado, não havia nada *além* de fatores desconhecidos, e por isso não houve história. — Ele fez uma pausa. — Era surreal, como um trem saindo de uma lareira ou um monte de cabeças de cavalo aparecendo uma manhã na frente da sua garagem. Nada tão grandioso, mas muito estranho. E coisas assim... — Ele balançou a cabeça. — Steffi, as pessoas não gostam desse tipo de coisa. Não *querem* esse tipo de coisa. Uma onda é bonita de se olhar quando quebra na praia, mas um monte de ondas deixa a gente mareado.

Stephanie olhou para o mar cintilante, com muitas ondas, mas nenhuma grande, não hoje, e pensou nisso em silêncio.

— Tem outra coisa — disse Dave depois de um tempo.

— O quê? — perguntou ela.

— É *nossa* — disse ele, e com força surpreendente. Ela achou que era quase raiva. — Um cara do *Globe*, um cara de fora... ele só ferraria tudo. Ele não entenderia.

— Você entende? — perguntou ela.

— Não — disse ele, se sentando de novo. — Nem preciso, querida. Quando o assunto é o Garoto do Colorado, eu sou como a Virgem Maria depois que deu à luz Jesus. A Bíblia diz algo tipo: "Mas Maria ficou em silêncio e ponderou essas coisas no coração". Às vezes, com mistérios, é o melhor a se fazer.

— Mas vocês vão me contar?

— Vamos, né, garota! — Ele olhou para ela como se estivesse surpreso. Além disso, um pouco como se despertando de um quase cochilo. — Porque você é uma de nós. Não é, Vince?

— Aham — disse Vince. — Você passou nesse teste em algum momento no meio do verão.

— Passei? — Mais uma vez, ela se sentiu absurdamente feliz. — Como? Qual teste?

Vince balançou a cabeça.

— Não sei dizer, querida. Só sei que, em algum momento, começou a parecer que você era legal. — Ele olhou para Dave, que assentiu. E olhou de novo para Stephanie. — Muito bem — disse ele. — A história que nós não contamos no almoço. Nosso próprio mistério inexplicado. A história do Garoto do Colorado.

5

Mas foi Dave quem começou a falar.

— Vinte e cinco anos atrás — disse ele —, em 1980, havia dois jovens que pegavam a barca das seis e meia pra ir pra escola em vez de pegar a das sete e meia. Ambos eram da equipe de atletismo da Bayview Consolidated High School, e eles também eram namorados. Quando o inverno acabava, e ele nunca dura tanto aqui na costa quanto no continente, eles cruzavam a ilha correndo, passavam pela praia Hammock até a estrada principal, iam para a rua Bay e para a doca da cidade. Consegue ter uma ideia, Steffi?

Ela conseguia. Ela via o romance também. O que não conseguia imaginar era o que os "namorados" faziam quando chegavam do outro lado, em Tinnock. Ela sabia que cerca de uma dúzia de colegiais de Moose-Look quase sempre pegavam a barca das sete e meia, davam ao barqueiro (Herbie Gosslin ou Marcy Lagasse) os passes, que eram registrados rapidamente com um piscar do velho leitor de códigos de barras. Depois, no lado de Tinnock, um ônibus escolar estaria esperando para levá-los pelos cinco quilômetros até a BCHS. Ela perguntou se os atletas esperavam o ônibus, e Dave balançou a cabeça e sorriu.

— Não, eles corriam daquele lado também — disse ele. — Não de mãos dadas, mas podia muito bem ter sido. Sempre lado a lado, Johnny Gravlin e Nancy Arnault. Por alguns anos eles foram praticamente inseparáveis.

Stephanie endireitou-se na cadeira. O John Gravlin que ela conhecia era o prefeito de Moose-Lookit, um homem sociável, sempre gentil com todo mundo, agora de olho no senado estadual em Augusta. Ele estava ficando calvo, a barriga crescendo. Ela tentou imaginá-lo naquela rotina de esportista, três quilômetros por dia na ilha, mais cinco no lado do continente, e não conseguiu.

— Ainda não está dando para avançar muito, né, querida? — perguntou Vince.

— Não — admitiu ela.

— Bom, isso é porque você vê Johnny Gravlin, o jogador de futebol, corredor, brincalhão de sexta à noite e amante de sábado como o *prefeito* John Gravlin, que por acaso é o único sapo saltador da política no lago de uma ilha pequena. Ele sobe e desce a rua Bay apertando mãos e sorrindo com aquele dente de ouro na lateral da boca, fala com todo mundo que encontra, nunca esquece um nome, nem quem é que tem uma picape Ford e quem ainda dá conta do recado com o velho trator International Harvester do pai. Ele é uma caricatura que saiu de um filme dos anos 1940 sobre política em uma cidadezinha e é tão caipira que nem se deu conta. Ele ainda tem mais um salto pela frente, pula, sapinho, pula, e quando chegar à vitória-régia em Augusta vai ser sábio a ponto de parar ou vai tentar outro salto e acabar sendo esmagado.

— Isso é *tão* cínico — disse Stephanie, e não sem uma admiração juvenil pela característica.

Vince deu com os ombros ossudos.

— Ei, eu mesmo sou um estereótipo, querida, só que o meu filme é aquele em que o sujeito do jornal com abotoaduras na camisa e sombra na testa grita "Parem as prensas!" na última cena. O que eu quero dizer é que Johnny era uma criatura diferente naquela época, magro como uma vassoura e rápido como um raio. Daria para dizer que era um deus, se não fossem aqueles infelizes dentões da frente, que ele já consertou.

"E ela… com aquele shortinho vermelho que usava… ela era mesmo uma deusa." Ele fez uma pausa. "Como muitas garotas de dezessete anos são."

— Tira a mente da sarjeta — disse Dave.

Vince pareceu surpreso.

— Não está — disse ele. — Não está nem perto. Está nas nuvens.

— Se você diz — disse Dave. — Eu admito que ela era um colírio mesmo. Uns três a cinco centímetros mais alta do que Johnny, o que pode ter sido o motivo de eles se separarem na primavera do terceiro ano da escola. Mas, em 1980, eles eram intensos, e todos os dias corriam até a barca deste lado e pela colina Bayview até a escola no lado de Tinnock. Havia apostas de quando Nancy ficaria grávida dele, mas ela nunca ficou. Ou ele era muito educado, ou ela era muito cuidadosa. — Ele fez uma pausa. — Ou, enfim, talvez eles fossem um pouco mais sofisticados do que a maioria dos jovens da ilha na época.

— Eu acho que pode ter sido a corrida — disse Vince criteriosamente.

— De volta à história, por favor, os dois — disse Stephanie, e os homens riram.

— Na história — disse Dave —, houve uma manhã na primavera de 1980, em abril, em que eles viram um homem sentado na praia de Hammock. Você sabe onde, nos arredores do vilarejo.

Stephanie sabia bem. A praia de Hammock era um local adorável, ainda que um pouco sobrecarregado de veranistas. Ela não conseguia imaginar como seria depois do Labor Day, no começo de setembro, embora fosse ter a chance de ver. Seu estágio ia até o dia 5 de outubro.

— Bom, não exatamente *sentado* — consertou Dave. — Meio estatelado, foi como eles disseram depois. Ele estava encostado em uma daquelas lixeiras, sabe, e as bases são firmadas na areia pra não saírem voando com o vento forte, mas o peso do homem tinha forçado aquela até a lata ficar… — Dave levantou a mão na vertical e a inclinou.

— Até ficar igual à Torre de Pisa — disse Steffi.

— Você entendeu perfeitamente. Além do mais, ele não estava vestido para a manhã, com o termômetro marcando uns seis graus e uma brisa fresca vinda da água fazendo parecer *zero* grau. Ele estava com uma bela calça cinza e uma camisa branca. Mocassins nos pés. Sem casaco. Sem luvas.

"Os jovens nem pensaram. Eles correram até lá pra ver se ele estava bem, e na mesma hora souberam que não. Johnny disse depois que percebeu que o homem estava morto assim que viu o rosto dele, e Nancy disse a mesma coisa, mas é claro que eles não quiseram admitir. Você ia querer? Sem ter certeza?"

— Não — disse Stephanie.

— Ele só estava sentado lá... bom... meio estatelado lá, com uma das mãos no colo e a outra, a direita, na areia. O rosto dele estava pálido como cera, exceto por manchas roxas nas bochechas. Os olhos estavam fechados, e Nancy disse que as pálpebras estavam azuladas. Os lábios também tinham um tom azulado, e o pescoço, disse ela, parecia meio *inchado*. O cabelo dele era louro-claro, curto, mas não tão curto a ponto de não voar na testa com o vento soprando, como aconteceu por quase todo esse tempo.

"Nancy disse: 'Moço, você está dormindo? Se estiver dormindo, é melhor acordar'.

"Johnny Gravlin disse: 'Ele não está dormindo, Nancy, e também não está inconsciente. Ele não está respirando'.

"Ela disse depois que já sabia disso, que tinha se dado conta, mas que não queria acreditar. Claro que não, coitada. Aí, ela disse: 'Pode ser. Pode ser que ele esteja dormindo. Nem sempre dá pra saber quando uma pessoa está respirando. Sacode ele, Johnny, vê se ele acorda'.

"Johnny não queria, mas também não queria parecer covarde na frente da namorada, então estendeu a mão. Precisou se segurar pra isso, ele me contou anos depois, tomando umas biritas no Breakers. E sacudiu o ombro do sujeito. Ele disse que teve certeza quando pegou nele, porque não pareceu um ombro de verdade debaixo da camisa, mas uma escultura de ombro. Mas ele o sacudiu mesmo assim e disse: 'Acorda, moço, acorda, e...'. Ele ia dizer *para de se fingir de morto*, mas achou que não pegaria bem considerando as circunstâncias (pensando um pouco como político mesmo naquela época, talvez) e mudou para: 'e sente o cheirinho de café!'.

"Ele o sacudiu duas vezes. Na primeira vez, nada aconteceu. Na segunda, a cabeça do cara caiu no ombro esquerdo. Johnny estava sacudindo o direito. O cara escorregou da cesta de lixo onde estava apoiado e caiu de lado. A cabeça bateu na areia. Nancy gritou e correu para a estrada o mais rápido que pôde... e era rápido, te garanto. Se ela não tivesse parado por lá, Johnny provavelmente teria que ter caçado ela até o fim da rua Bay e, sei lá, talvez até a ponta da doca A. Mas ela *parou*, e ele a alcançou e passou o braço em volta dela e disse que nunca ficou tão feliz de sentir carne viva debaixo do braço. Ele me disse que nunca esqueceu a sensação de segurar o ombro daquele homem morto e que parecia madeira embaixo da camisa branca."

Dave parou abruptamente e se levantou.

— Eu quero uma coquinha gelada — disse ele. — Minha garganta está seca e a história é longa. Mais alguém quer?

Todos queriam, e como Stephanie era a que estava sendo entretida, se é que a palavra era essa, ela foi buscar as bebidas. Quando voltou, os dois homens idosos estavam na beira da varanda, olhando para o mar e para o continente do outro lado. Ela se juntou a eles, botou a bandejinha no parapeito largo e passou as bebidas para eles.

— Onde eu estava? — perguntou Dave depois de tomar um longo gole da dele.

— Você sabe perfeitamente bem onde estava — disse Vince. — Na parte em que nosso futuro prefeito e Nancy Arnault, que só Deus sabe onde está, provavelmente na Califórnia, os melhores sempre parecem ir parar o mais longe da ilha que podem sem precisar de passaporte, tinham encontrado o Garoto do Colorado morto na praia de Hammock.

— Aham. Bom, John queria que os dois fossem correndo até o telefone mais próximo, que era o aparelho em frente à Biblioteca Pública, pra ligar pra George Wournos, o representante da polícia em Moose-Lookit naquela época (que há muito tempo já partiu dessa pra melhor, querida; infarto). Nancy não viu nenhum problema nisso, mas ela queria que Johnny colocasse "o homem" sentado primeiro. Era assim que ela o chamava: "o homem". Nunca "o homem morto" ou "o corpo", sempre "o homem".

"Johnny disse: 'Acho que a polícia não gosta quando a gente mexe neles, Nan'.

"Nancy disse: 'Você *já* mexeu nele, eu só quero que você o coloque de volta onde ele estava'.

"E *ele* disse: 'Eu só fiz aquilo porque você mandou'.

"E *ela* responde: '*Por favor*, Johnny, eu não suporto olhar pra ele daquele jeito e não suporto *pensar* nele daquele jeito'. Ela começa a chorar, o que, claro, bate o martelo, e ele volta até onde o corpo estava, ainda sentado como antes, mas agora com a bochecha esquerda na areia.

"Johnny me contou naquela noite no Breakers que ele nunca teria conseguido fazer o que ela queria se ela não estivesse bem ali, olhando e confiando que ele ia fazer, e, quer saber, eu acredito. Por uma mulher, um homem faz muitas coisas que ele jamais faria se estivesse sozinho. Coisas das quais ele recuaria em noventa por cento das vezes, mesmo bêbado com um bando de amigos incentivando. Johnny disse que quanto mais perto chegava do homem deitado na areia, só deitado, com os joelhos erguidos, como se estivesse sentado numa cadeira invisível, mais certeza ele tinha de que aqueles olhos fechados se abririam e o homem tentaria pegá-lo. Saber que ele estava morto não afastou a sensação, Johnny disse, só tornou tudo pior. Ainda assim, no fim das contas, ele chegou lá, se preparou, botou as mãos nos ombros de madeira e sentou o homem com as costas na lixeira inclinada. Ele disse que tinha certeza que a lixeira cairia e faria um estrondo, e que quando caísse ele gritaria. Mas a lixeira não caiu e ele não gritou. Estou convencido no fundo do meu coração, Steffi, que nós, pobres humanos, fomos feitos pra sempre pensar que o pior vai acontecer porque ele raramente acontece. Daí, o que é só ruim parece razoável, quase bom, até, e a gente consegue lidar melhor com tudo."

— Você acha mesmo?

— Acho, sim, senhorita! De qualquer modo, Johnny saiu andando e viu que um maço de cigarros tinha caído na areia. E como o pior já tinha passado e tudo só estava ruim, ele conseguiu pegar o maço, ao mesmo tempo que dizia a si mesmo que tinha que contar a George Wournos o que tinha feito, caso a polícia estadual verificasse digitais e encontrasse a dele no celofane, e botou o maço no bolso do peito da camisa branca do sujeito. Ele voltou até onde Nancy estava, agarrando-se na jaqueta da BCHS e pulando de um pé para o outro, provavelmente morrendo de frio com o shortinho que ela estava usando. Se bem que era mais do que frio o que ela estava sentindo, claro.

"De qualquer modo, ela não sentiu frio por muito tempo, porque eles correram até a Biblioteca Pública e aposto que, se alguém tivesse cronometrado, o tempo em que eles fizeram esses mais ou menos oitocentos metros teria sido recorde. Nancy tinha muitas moedas na bolsinha que carregava no bolso, e foi ela que ligou para George Wournos, que estava se vestindo para ir trabalhar. Ele era dono da Western Auto, onde agora as moças da igreja fazem o bazar."

Stephanie, que tinha feito a cobertura de vários para a Artes & Outras Coisas, assentiu.

— George perguntou se ela tinha certeza de que o homem estava morto, e Nancy disse que sim. Ele pediu para falar com o Johnny e fez a mesma pergunta. Johnny disse que sim. Ele disse que tinha sacudido o homem e que ele estava duro como uma tábua. Contou a George que o homem tinha caído de lado e que o maço de cigarros tinha caído do bolso dele, e que ele tinha colocado de volta, pensando que George daria uma bronca nele por isso, mas ele não falou nada. *Ninguém* falou. Nem um pouco parecido com os programas de mistério da televisão, né?

— Até agora, não — disse Stephanie, pensando que lembrava *sim* um pouquinho um episódio de *Assassinato por escrito* que ela tinha visto uma vez. Só que, considerando a conversa que tinha gerado aquela história, ela achava que nenhuma das figuras de Angela Lansbury apareceria para solucionar o mistério... embora alguém devesse ter feito *algum* progresso, pensou Stephanie. O bastante, pelo menos, para saber de onde era o morto.

— George disse para o Johnny que ele e a Nancy deviam voltar correndo pra praia e esperar por ele — disse Dave. — Falou pra eles ficarem atentos pra ninguém mais chegar perto. Johnny disse que tudo bem. George disse: "Se você perder a barca das sete e meia, John, eu escrevo um atestado pra você e pra sua amiga". Johnny disse que essa era a última preocupação dele no mundo. Ele e Nancy Arnault voltaram pra praia de Hammock, só que agora correndo mais devagar, e não como loucos.

Stephanie entendia isso. Da praia de Hammock até o limite do vilarejo Moosie era descida. Ir na outra direção seria uma corrida mais difícil, principalmente quando o único combustível para a corrida era a adrenalina já quase esgotada.

— George Wournos, enquanto isso — disse Vince — ligou para o dr. Robinson, na via Beach. — Ele fez uma pausa, sorrindo com a lembrança. Ou talvez só pelo efeito. — E aí, me ligou.

6

— Uma vítima de assassinato aparece na única praia pública da ilha e o representante da lei liga para o editor do jornal? — perguntou Stephanie. — Nossa, isso não é *nada* como *Assassinato por escrito*.

— A vida na costa do Maine raramente é como *Assassinato por escrito* — disse Dave em seu tom mais seco —, e naquela época nós éramos basicamente o que somos agora, Steffi, principalmente quando os veranistas vão embora e só ficamos nós, as galinhas, todas juntas. Isso não torna as coisas românticas, só meio... sei lá, pode chamar de síndrome de Poliana. Se todo mundo souber o que tem pra se saber, muitas línguas ficam sem motivo pra falação inútil. E assassinato! Lei! Você está se adiantando um pouco, não?

— Não pega no pé dela por causa dessa — disse Vince. — A gente que botou a ideia na cabeça dela quando falou sobre os envenenamentos com o café lá em Tashmore. Steffi, Chris Robinson fez o parto de dois dos meus filhos. Minha segunda esposa, Arlette, com quem eu casei seis anos depois que Joanne morreu, era amiga da família Robinson, até namorou Henry, o irmão do Chris, quando estudavam juntos. Foi como o Dave falou, mas foi mais do que trabalho.

Ele botou o copo de refrigerante (que ele chamava de "droga") no parapeito e abriu as mãos dos dois lados do rosto, num gesto que ela achou ao mesmo tempo encantador e irresistível. *Não vou esconder nada*, dizia o gesto.

— Nós somos uma panelinha aqui. Sempre foi assim e eu acho que sempre vai ser, porque nós nunca vamos ficar muito maiores do que somos agora.

— Graças a *Deus* — rosnou Dave. — Não vai ter porcaria de Walmart. Perdão, Steffi.

Ela sorriu e disse que tudo bem.

— De qualquer modo — disse Vince —, eu quero que você deixe a ideia de assassinato de lado, Steffi. Você faria isso?

— Sim.

— Acho que você vai ver que, no final, não vai dar pra tirar isso da jogada, nem pôr de volta completamente. É assim com muitas coisas relacionadas ao Garoto do Colorado, e é por isso que a história não serve para o *Globe*, nem para a *Yankee*, a *Downeast* e a *Coast*. Não era uma boa história nem para o *Weekly Islander*, no fim das contas. Nós a *noticiamos*, sim, porque somos um jornal e é nosso trabalho dar essas notícias; eu tenho Ellen Dunwoodie e o hidrante pra me preocupar, sem contar o menininho Lester que vai fazer um transplante de rim em Boston, isso se ele aguentar até lá. E, claro, você precisa avisar as pessoas sobre o Baile e Passeio no Feno de Fim de Verão nas Fazendas Gernerd, né?

— Não esquece o piquenique — murmurou Stephanie. — Vai ter torta à vontade, as pessoas vão querer saber disso.

Os dois homens riram. Dave chegou a bater com as mãos no peito para demonstrar que ela tinha "mandado muito bem", como o pessoal da ilha dizia.

— Aham, querida! — concordou Vince, ainda sorrindo. — Mas às vezes algo acontece, por exemplo dois estudantes de ensino médio que em sua corrida matinal encontram um cadáver na praia mais bonita da cidade, e aí você diz para si mesmo: "Deve haver uma *história* aí". Não só a notícia, o quê, por quê, quando, onde e como, mas uma *história*, mas depois você acaba descobrindo que *não tem*. Que são só um bando de fatos desconexos em torno de um mistério inexplicado *de verdade*.

E isso, querida, é o que as pessoas não querem. Isso incomoda. São ondas demais. Deixa as pessoas mareadas.

— Amém — disse Dave. — Agora, por que você não conta o resto, enquanto ainda está sol?

E Vince Teague contou.

7

— Nós estávamos envolvidos quase desde o começo, e quando digo *nós*, eu quero dizer Dave e eu, o *Weekly Islander*, embora eu não tenha publicado as coisas que George Wournos me pediu para não publicar. Não vi nenhum problema nisso, porque não havia nada naquela história que parecesse afetar o bem-estar da ilha de alguma forma. Esse é o tipo de decisão que se toma em jornais o tempo todo, Steffi, você mesma vai ter que tomar, e com o tempo você se acostuma. Só é importante ter cuidado pra nunca se acostumar demais.

"Os jovens voltaram e cuidaram do corpo, não que houvesse muito que fazer. A única coisa que viram antes que George e o dr. Robinson chegassem foram quatro carros, todos indo pra cidade. Nenhum desacelerou quando avistou dois adolescentes correndo parados ou se alongando no estacionamento da praia de Hammock.

"Quando George e o doutor chegaram lá, eles mandaram Johnny e Nancy embora, e é aí que eles saem da história. Ainda curiosos, como as pessoas são, mas felizes de ir, não tenho dúvida. George parou o Ford no estacionamento, o doutor pegou a bolsa e eles foram até onde o homem estava, encostado na lixeira. Ele tinha caído um pouco para o lado de novo, e a primeira coisa que o doutor fez foi colocá-lo de volta sentado.

"'Ele está morto, doutor?', perguntou George.

"'Olha, ele está morto há pelo menos quatro horas, provavelmente seis ou mais', disse o doutor. (Foi nessa hora que eu cheguei e parei meu Chevrolet ao lado do Ford do George.) 'Ele está rígido como uma tábua. Rigor mortis.'

"'E você acha que ele está aqui desde... quando? Meia-noite?', pergunta George.

"'Até onde eu sei, ele pode estar aqui desde o ano passado', disse o doutor, 'mas a única coisa de que tenho certeza *absoluta* é que ele está morto desde as duas da madrugada. Por causa do rigor. *Provavelmente* está morto desde a meia-noite, mas eu não sou especialista em coisas assim. Um vento forte vindo do mar poderia ter mudado quando o rigor começou...'

"'Não teve vento na noite de ontem', digo, me juntando a eles. 'Estava calmo como o interior de um sino de igreja.'

"'Ah, olha só isso, chegou mais um pra palpitar', disse o dr. Robinson. 'Talvez você queira decretar a hora da morte também, Jimmy Olsen.'

"'Não', eu digo, 'essa eu vou deixar pra você.'

"'Eu acho que vou deixar pro legista do condado', disse ele. 'Cathcart, de Tinnock. O estado paga onze mil a mais por ano pra ele remexer tripas e dizer o que acha. É muito pouco, na minha humilde opinião, mas cada um sabe onde aperta o calo. Eu sou só um médico de família. Mas... aham, esse cara já estava morto às duas, isso eu te garanto. Já estava morto quando a lua desceu.'

"Por cerca de um minuto, nós três ficamos lá parados, olhando para ele como se estivéssemos de luto. Um minuto parece um período curtíssimo em algumas circunstâncias, mas, numa hora daquelas, pode ser um tempo danado. Eu me lembro do som do vento, ainda leve, mas começando a pegar velocidade desde o leste. Quando vem de lá e você está no lado continental da ilha, o som é tão solitário..."

— Eu sei — disse Stephanie baixinho. — É tipo uma vaia.

Eles assentiram. Que o som no inverno às vezes era terrível, quase o grito de uma mulher abandonada, era algo que ela não sabia, e não havia motivo para contar.

— Finalmente, acho que só pra ter algo pra dizer, George pediu pro doutor tentar dar um palpite de quantos anos o sujeito devia ter.

"'Eu diria uns quarenta, com uma margem de cinco anos pra mais ou pra menos', disse ele. 'Você também acha, Vincent?' E eu assenti. Quarenta me pareceu certo, e passou pela minha cabeça que é uma pena um sujeito morrer aos quarenta, uma pena mesmo. É a idade mais anônima de um homem.

"Foi aí que o doutor viu uma coisa que o interessou. Ele se apoiou em um joelho (o que não era fácil pra um sujeito do tamanho dele, ele devia ter uns cento e vinte e cinco quilos e não mais que um metro e setenta e sete de altura) e pegou a mão direita do morto, a que estava caída na areia. Os dedos estavam meio curvados, como se ele tivesse morrido tentando fazer um tubo por onde olhar. Quando o doutor levantou a mão, deu pra ver que estava sujo nos dedos por dentro e também na palma.

"'O que você está vendo?', pergunta George. 'Parece só areia da praia pra mim.'

"'É isso mesmo, mas por que está grudada?', pergunta o dr. Robinson. 'Essa lata de lixo e todas as outras ficam bem acima da linha da maré, como qualquer um conseguiria notar, e não choveu ontem à noite. A areia está completamente seca. Além disso, olha aqui.'

"Ele pegou a mão esquerda do morto. Nós vimos que ele estava usando uma aliança de casamento e também que não havia areia nem nos dedos, nem na palma. O doutor botou a mão esquerda de volta e pegou a outra de novo. Virou-a um pouco para iluminar melhor a parte interna. 'Ali', disse ele. 'Estão vendo?'

"'O que é aquilo?', pergunto. 'Gordura? Um pouco de gordura?'

"Ele sorriu e disse: 'Eu acho que você leva o ursinho de pelúcia, Vincent. E está vendo como a mão está curvada?'.

"'Aham, como se ele estivesse brincando de luneta', disse George. Àquela altura, estávamos os três de joelhos, como se aquela lixeira fosse um altar e nós tentássemos rezar para trazer o morto de volta à vida.

"'Não acho que ele estava brincando de luneta', disse o doutor, e eu percebi uma coisa, Steffi. Ele estava empolgado de um jeito que as pessoas só ficam quando descobrem algo que gente como elas não tem *nada* que descobrir no rumo normal das coisas. Ele olhou para a cara do morto (pelo menos eu achei que era para a cara, mas, no fim das contas, era um pouco mais pra baixo) e voltou a olhar para a mão curvada. 'Não mesmo', disse ele.

"'O que era então?', pergunta George. 'Eu quero chamar a polícia estadual e a procuradoria, Chris. O que eu *não* quero é passar a manhã ajoelhado e você brincando de Ellery Queen.'

"'Estão vendo como o polegar está quase tocando o indicador e o dedo do meio?', pergunta o doutor, e claro que nós estávamos. 'Se esse cara tivesse morrido olhando pelo tubo feito com a mão fechada, o polegar estaria *por cima* dos dedos, tocando o dedo do meio e o anelar. Podem tentar, se não acreditarem.'

"Eu tentei, e ele tinha razão mesmo.

"'Isso não é um tubo', disse o doutor, novamente tocando a mão rígida do morto com o dedo. 'É uma *pinça*. Juntando isso com a gordura e a areia na palma da mão e na parte interna dos dedos, o que você tem?'

"Eu sabia, mas como George era o representante da lei, deixei ele falar. 'Se ele estava comendo alguma coisa quando morreu', disse ele, 'cadê?'

"O doutor apontou para o pescoço do morto, que até Nancy Arnault tinha notado que parecia inchado, e disse: 'Eu diria que boa parte ainda está bem ali, onde ele engasgou. Passa minha bolsa, Vincent'.

"Eu dei a bolsa pra ele. Ele tentou remexer dentro e viu que só conseguia com uma das mãos enquanto equilibrava o corpo todo de joelhos. Ele era um homem grande e precisava ter pelo menos uma mão no chão pra não tombar para o lado. Ele devolveu a bolsa pra mim e disse: 'Tem dois otoscópios aí dentro, Vincent, e com isso eu quero dizer aquelas minhas luzes de exame. Tem o do dia a dia e um extra que está novinho. A gente vai precisar dos dois'.

"'Calma, não sei se é uma boa ideia', disse George. 'Eu achei que a gente ia deixar isso para Cathcart, no continente. Ele é o cara que o estado contratou pra esse tipo de trabalho.'

"'Eu assumo a responsabilidade', disse o dr. Robinson. 'A curiosidade matou o gato, você sabe, mas a satisfação trouxe ele de volta feliz da vida. Você me chamou aqui no frio e na umidade sem meu chá da manhã, sem nem uma torradinha, e eu pretendo ter uma pequena satisfação se puder. Talvez eu não consiga. Mas estou sentindo que... Vincent, segura esse. George, segura o novo e não deixa cair na areia, por favor e obrigado, isso aí custa duzentos dólares. Eu não fico de quatro que nem uma criança brincando de cavalinho desde os meus sete anos, acho, e se eu tiver que ficar assim muito tempo é capaz de eu cair em cima do sujeito, então sejam rápidos e façam o que eu disser. Vocês já viram como as pessoas num museu apontam holofotes pra um quadro pequenininho pra ele ficar luminoso e lindo?'

"George não tinha visto, e o dr. Robinson explicou. Quando terminou (e se assegurou de que George Wournos havia entendido), o editor do jornal da ilha se ajoelhou de um lado do cadáver sentado e o policial da ilha se ajoelhou do outro, cada um de nós com uma das luzinhas do doutor na mão. Só que, em vez de iluminar uma obra de arte, a gente ia iluminar a garganta do morto pro doutor poder olhar.

"Ele se posicionou, soltando uma boa cota de grunhidos e resmungos. Teria sido engraçado se as circunstâncias não fossem tão estranhas e se eu não estivesse com medo de o sujeito ter um ataque do coração ali mesmo. Ele estendeu uma das mãos, enfiou-a na boca do cara e puxou a mandíbula pra baixo como se fosse uma dobradiça. E, claro, se a gente pensar bem, é isso que é.

"'Agora', disse ele. 'Cheguem perto, meninos. Acho que ele não vai morder, mas, se eu estiver errado, quem vai pagar pelo erro sou eu.'

"Nós chegamos perto e apontamos as luzes pra goela do morto. Era só vermelho e preto lá dentro, exceto pela língua, que estava rosa. Eu ouvia o doutor bufando e grunhindo e ele disse, não pra nós, mas pra ele mesmo: 'Mais um pouco'. Ele puxou mais a mandíbula. E para nós: 'Levantem e apontem direto pra dentro da goela', e nós fizemos o melhor que deu. Mudou a direção da luz o suficiente pra tirar o rosa da língua do morto e jogar naquilo pendurado no fundo da boca, como é o nome..."

— Úvula — disseram Stephanie e Dave ao mesmo tempo.

Vince assentiu.

— Aham, isso. E dava pra ver alguma coisa logo atrás, ou a parte de cima de alguma coisa, que era cinza-escura. Foram só dois ou três segundos, mas suficiente pra satisfazer o dr. Robinson. Ele tirou os dedos da boca do morto, o lábio inferior fez um estalo quando bateu na gengiva, mas a mandíbula ficou como estava. Depois, se sentou, bufando como uma locomotiva.

"'Vocês vão ter que me ajudar a me levantar', disse ele quando recuperou o fôlego e conseguiu falar. 'Minhas pernas estão dormentes do joelho pra baixo. Droga, como sou idiota de pesar tanto.'

"'Eu ajudo quando você disser pra ajudar', disse George. 'Você viu alguma coisa? Eu não vi nada. E você, Vincent?'

"'Eu achei que vi', falei. A verdade é que eu sabia muito bem que tinha visto aquela merda, desculpa, Steffi, mas eu não queria me exibir.

"'Aham, está lá dentro, sim', disse o doutor. Ele ainda parecia sem fôlego, mas também satisfeito, como se tivesse conseguido aliviar uma coceira incômoda. "Cathcart vai tirar e aí a gente vai saber se era um bife ou um pedaço de carne de porco ou o que seja, mas acho que não importa. Nós sabemos o que importa: ele veio pra cá com um pedaço de carne na mão e se sentou pra comer vendo a luz da Lua sobre o mar. Se escorou na lixeira. E engasgou, como os soldadinhos da rima infantil. No último pedaço do que ele trouxe pra comer? Pode ser, mas não necessariamente.'

"'Depois que ele morreu, uma gaivota pode ter descido pra pegar o que tinha sobrado bem da mão dele', disse George. 'Deixou só a gordura.'

"'Correto', disse o doutor. 'Bom, e vocês vão me ajudar a levantar ou vou ter que engatinhar até o carro do George e levantar agarrado na maçaneta?'"

8

— E aí, Steffi, o que você acha? — perguntou Vince, tomando um gole refrescante da coca. — Mistério resolvido? Caso encerrado?

— Nem ferrando! — gritou ela, e mal percebeu a risada satisfeita deles. Os olhos dela brilhavam. — A parte da causa da morte, talvez, mas... O que *era*, aliás? Que estava na garganta dele? Ou isso seria me adiantar na história?

— Querida, não dá pra se adiantar numa história que não existe — disse Vince, e os olhos dele também estavam cintilando. — Pode perguntar adiante, pra trás ou pro lado. Eu respondo qualquer coisa. Dave também, eu diria.

Como se para provar que era isso mesmo, o editor-chefe do *Weekly Islander* disse:

— Era um pedaço de carne, provavelmente bife, e com boa chance de ser de um corte nobre, contrafilé ou filé-mignon. Estava ao ponto pra malpassado, e o que entrou na certidão de óbito foi *asfixia por engasgo*, embora o homem que nós sempre chamamos de Garoto do Colorado também tivesse sofrido uma grande embolia cerebral, ou um derrame, em outras palavras. Cathcart concluiu que o engasgo levou ao derrame, mas, vai saber, poderia ter sido o contrário. Pra você ver, até a causa da morte fica complicada quando você vai olhando mais de perto.

— Tem pelo menos uma história aqui, uma pequena, que eu vou contar agora — disse Vince. — É sobre um sujeito que era um pouco como você, Stephanie, apesar de eu gostar de pensar que você caiu em mãos melhores na hora de dar o toque final nos seus estudos; e mãos mais compassivas também. Esse sujeito era jovem, tinha vinte e três anos, acho, e, igual a você, era de fora (do Sul no caso dele, não do Meio-Oeste), e ele também estava na pós-graduação, estudando ciência forense.

— Então ele estava trabalhando com esse dr. Cathcart e descobriu alguma coisa.

Vince sorriu.

— É um palpite bem lógico, querida, mas você está enganada sobre com quem ele estava trabalhando. O nome dele era... *como* era o nome dele, Dave?

Dave Bowie, cuja memória para nomes era tão mortal quanto a mira de Annie Oakley com o rifle, nem hesitou.

— Devane. Paul Devane.

— Isso, lembrei agora que você falou. Esse jovem, Devane, havia sido chamado para três meses de trabalho de campo de pós-graduação com uns detetives da polícia estadual da procuradoria-geral. Só que, no caso dele, *sentenciado* talvez seja uma palavra melhor. Eles o tratavam muito mal. — Os olhos de Vince ficaram sérios. — Esse pessoal mais velho que trata mal os mais jovens quando eles só querem aprender... eu acho que gente assim devia ser afastada do trabalho. Mas é comum ganharem promoções em vez de demissões. Nunca me surpreendeu que Deus tombou o mundo um pouquinho ao mesmo tempo que o colocou pra girar, muita coisa que acontece aqui imita esse tombo.

"Esse jovem, esse Devane, passou quatro anos num lugar tipo a Universidade Georgetown, querendo aprender o tipo de ciência que pega criminosos, e justo quando estava florescendo, o azar o mandou pra trabalhar com dois detetives comedores de rosquinha que fizeram dele pouco mais que um servente, levando arquivos entre Augusta e Waterville e afastando curiosos de locais de acidente de carro. Ah, pode ser que de vez em quando, como recompensa, deixassem ele medir uma pegada ou tirar umas fotos com flash de uma marca de pneu. Mas era raro, eu diria. Bem raro.

"De qualquer modo, Steffi, esses dois belos exemplos de detetives, e espero de verdade que eles já tenham se aposentado, por acaso estavam em Tinnock na mesma época que o corpo do Garoto do Colorado apareceu na praia de Hammock. Eles estavam investigando um incêndio em um apartamento, de 'origem suspeita', como nós dizemos quando noticiamos esse tipo de coisa no jornal, e tinham com eles o rapaz, que já estava perdendo o idealismo àquelas alturas.

"Se ele tivesse caído com dois dos detetives *bons* que trabalhavam na procuradoria-geral, e eu já conheci vários, apesar da maldita burocracia que cria tantos problemas na segurança pública deste estado, ou se o Departamento de Estudos Forenses o tivesse enviado pra algum outro estado que aceita alunos, ele talvez tivesse virado um dos caras que a gente vê naquele programa *CSI*..."

— Eu gosto desse programa — disse Dave. — É bem mais realista que *Assassinato por escrito*. Quem quer um bolinho? Tem lá na despensa.

Todos queriam, e a hora da história ficou suspensa até Dave se juntar de novo a eles, trazendo também um rolo de papel-toalha. Quando todos tinham seu bolinho de abóbora Labree e papel para não derrubar migalhas, Vince pediu para Dave continuar a história.

— É que eu estou falando demais e vou acabar falando até escurecer.

— Eu achei que você estava indo bem — disse Dave.

Vince bateu com a mão ossuda no peito mais ossudo ainda.

— Liga pra emergência, Steffi, meu coração até parou.

— Isso não vai ser tão engraçado quando acontecer de verdade, coroa — disse Dave.

— Olha ele cuspindo os farelos — disse Vince. — A gente baba no começo da vida e baba no final, minha mãe dizia. Vai, Dave, conta, mas faz um favor e engole o bolinho primeiro.

Dave engoliu e tomou um gole de coca logo em seguida. Stephanie esperava que seu sistema digestório encarasse esse tipo de desafio quando ela chegasse à idade de Dave Bowie.

— Bom — disse ele —, George não se deu ao trabalho de isolar a praia porque isso teria atraído as pessoas como moscas pro esterco, sabe, mas isso não impediu que os dois idiotas da procuradoria fizessem isso. Perguntei a um deles qual era o motivo, e ele me olhou como se eu tivesse nascido lerdo. "Bom, é uma cena de crime, né?", ele falou.

"'Pode ser, pode não ser', eu disse, 'mas se o corpo já foi removido, que tipo de prova você acha que vai ter que o vento já não levou?' Àquela altura, o vento do leste já estava batendo poderoso. Mas eles insistiram, e vou admitir que deu uma bela foto na primeira página do jornal, né, Vince?"

— Aham, uma foto com a fita que diz CENA DE CRIME sempre vende jornal — concordou Vince. Metade do bolinho dele já tinha desaparecido, e Stephanie não via uma migalha visível no pedaço de papel-toalha dele.

— Devane estava lá enquanto o legista, Cathcart, olhava o corpo: a mão com areia, a mão sem areia, depois dentro da boca — disse Dave —, mas quando chegou o rabecão da Funerária Tinnock, que tinha vindo na balsa das nove, os dois detetives se deram conta de que ele ainda estava lá e podia estar chegando perigosamente perto de ter uma experiência educativa. Isso seria inadmissível, então eles o mandaram buscar café e rosquinhas e folhados pra eles e pra Cathcart e para o assistente do Cathcart e para os dois garotos da funerária que tinham chegado.

"Devane não tinha ideia de pra onde ir, e aí eu já estava do lado errado da fita de isolamento, então o levei até a confeitaria da Jenny. Levamos meia hora, talvez um pouco mais, a maior parte do tempo no carro, e eu tive uma boa noção de como eram as coisas para aquele jovem, embora eu deva dar a ele pontos pela discrição. Ele nunca reclamou de nadinha, só falou que não estava aprendendo tanto quanto gostaria, e ao ver o tipo de coisa que colocaram ele para fazer enquanto Cathcart realizava a análise da cena do crime, eu liguei os pontos.

"Quando nós voltamos, a análise tinha terminado. O corpo já tinha sido colocado num saco com zíper. Isso não impediu um dos detetives, um sujeito grande e corpulento chamado O'Shanny, de dar um esporro no Devane. 'Por que você demorou tanto, a gente tá congelando o rabo aqui', essas coisas.

"Devane aguentou firme, sem reclamar, sem explicar, ele deve ter sido muito bem-educado, tenho que dizer. E por isso eu me intrometi e falei que tínhamos ido e voltado tão rápido quanto alguém conseguiria. Eu falei: 'Vocês não iam querer que a gente violasse as leis de trânsito, né, policiais?'. Falei com esperança de arrancar uma risadinha e deixar a situação mais leve. Mas não funcionou. O outro detetive, que se chamava Morrison, falou: 'Quem te perguntou, Irving? Você não tem um bazar de quintal pra ir cobrir não?'. O parceiro dele riu disso, pelo menos, mas aquele jovem, que devia estar aprendendo ciência forense e em vez disso aprendia que O'Shanny gostava de café com leite e Morrison preferia puro, corou até a gola da camisa.

"Olha, Steffi, um cara não chega à idade que eu já tinha naquela época sem levar vários sacodes de gente idiota que tem alguma autoridade, mas eu estava me sentindo péssimo pelo Devane, que estava constrangido não só por ele mesmo, mas também por mim. Eu vi que ele procurava um jeito de me pedir desculpas, mas antes que ele encontrasse (ou antes de eu dizer que não precisava, já que não era ele quem tinha feito besteira), O'Shanny pegou a bandeja de cafés e entregou para Morrison, e depois pegou os dois sacos com doces da minha mão. Em seguida, mandou Devane passar por baixo da fita para pegar o saco plástico de provas com os pertences do morto. 'Você assina o formulário de posse', disse ele para Devane, como se estivesse falando com uma criança de cinco anos, 'e não deixa ninguém encostar nessas coisas até eu pegar com você. E não mexe no que tem lá dentro. Entendeu bem?'

"'Sim, senhor', disse Devane, e abriu um sorrisinho pra mim. Eu o vi pegar o saco de provas, que na verdade parecia essas pastas-sanfona que tem em escritórios, com o assistente do dr. Cathcart. Vi ele tirar o formulário de posse do envelope transparente na frente e... você entende pra que serve esse formulário, Steffi?"

— Acho que sim — disse ela. — Não é pra, no caso de um processo criminal em que algo encontrado na cena seja usado como prova, o Estado possa mostrar uma sequência inalterada de posse, desde que o objeto foi encontrado até o tribunal onde ele agora é a Prova A?

— Muito bem explicado — disse Vince. — Você devia ser escritora.

— Engraçadinho — disse Stephanie.

— Sim, senhora, esse é nosso Vincent, praticamente um Oscar Wilde — disse Dave. — Pelo menos quando não está no modo rabugento. Enfim, eu vi o jovem sr. Devane assinar o formulário de posse e guardar o papel de volta no envelope no bolso dianteiro do saco. E eu o vi se virando pra olhar os rapazes fortes pondo o corpo no rabecão. Vince já estava vindo aqui para escrever o artigo e eu também fui embora nessa hora, falando pras pessoas que faziam perguntas, muitas tinham se juntado ali atraídas pela fita amarela idiota, igual formigas no açúcar que caiu, que elas poderiam ler tudo por vinte e cinco centavos, que era o preço do *Islander* naquela época.

"Essa foi a última vez que eu vi Paul Devane, parado olhando os dois fortões porem o morto no rabecão. Mas por acaso eu sei que Devane desobedeceu a ordem de O'Shanny de não olhar no saco de provas, porque ele me ligou no *Islander* uns dezesseis meses depois. Ele já tinha abandonado o sonho da ciência forense e tinha entrado agora na faculdade de direito. Para o bem ou para o mal, essa correção de rumo específica foi culpa dos detetives da procuradoria O'Shanny e Morrison. Mas foi Paul Devane quem transformou o zé-ninguém na praia de Hammock no Garoto do Colorado e acabou possibilitando que a polícia o identificasse."

— E nós demos a notícia em primeira mão — disse Vince. — Em grande parte porque Dave Bowie aqui comprou uma rosquinha pro rapaz e deu a ele o que o dinheiro *não pode* comprar: um ouvido compreensivo e um pouco de solidariedade.

— Ah, aí já é exagero — disse Dave, se mexendo na cadeira. — Eu só fiquei com ele tipo meia hora. No máximo quarenta e cinco minutos se juntar o tempo que a gente esperou na fila da confeitaria.

— Às vezes isso é o suficiente — disse Stephanie.

— Aham, às vezes pode ser, e o que tem de errado? Quanto tempo você acha que um homem leva pra engasgar com um pedaço de carne, morrer e ficar morto pra sempre?

Nenhum deles tinha uma resposta. No mar, o iate de algum rico tocou a sirene com um senso vazio de importância ao se aproximar da doca de Tinnock.

9

— Deixa o Paul Devane pra lá por um tempo — disse Vince. — Dave pode te contar o resto dessa parte daqui a pouco. Acho que é bom eu contar sobre a hora que ele abriu a barriga do morto primeiro.

— Aham — disse Dave. — Não é uma história, Steff, mas essa parte provavelmente seria a que vem depois se fosse.

— Não pense que Cathcart fez a autópsia imediatamente, porque ele não fez — disse Vince. — Duas pessoas tinham morrido no incêndio que tinha levado O'Shanny e Morrison até nosso fim de mundo, e elas eram prioridade. Não só porque morreram primeiro, mas porque eram vítimas de assassinato, e o zé-ninguém parecia ser só vítima de acidente. Quando Cathcart *chegou* no zé-ninguém, os detetives já tinham voltado pra Augusta, e foram tarde.

"Eu estava lá na autópsia quando finalmente aconteceu, já que eu era o mais perto que tinha de um fotógrafo profissional na área naquela época, e queriam um 'retrato dormido' do sujeito. É um termo europeu pra um tipo de retrato apresentável para aparecer no jornal. A ideia é fazer o cadáver parecer que está dormindo."

Stephanie se pôs ao mesmo tempo interessada e chocada.

— Funciona?

— Não — disse Vince. — Bom... talvez pra uma criança. Ou se você olhasse rápido com um dos olhos fechados. Esse teve que ser tirado antes da autópsia, porque Cathcart achou que, com o bloqueio da garganta e tudo, talvez ele tivesse que puxar a mandíbula muito pra baixo.

— E você achou que não ia ficar parecendo que ele estava dormindo se tivesse um cinto amarrado no queixo pra juntar a boca? — perguntou Stephanie, sorrindo apesar de tentar evitar. Era horrível uma coisa daquelas ser engraçada, mas *era* engraçada. Uma criatura pavorosa na mente dela insistia em mostrar imagens doentias de desenho animado uma atrás da outra.

— Não, provavelmente não — concordou Vince, sorrindo também, assim como Dave. Então, se ela era doente, ela não era a única. Graças a Deus. — Uma coisa dessas ia parecer um cadáver com dor de dente, isso sim.

Todos caíram na risada. Stephanie pensou que amava aqueles dois abutres velhos, de verdade.

— A gente tem que rir do Ceifador — disse Vince, pegando o copo de coca no parapeito. Tomou um gole e o pôs de volta. — Principalmente na minha idade. Eu sinto o filho da mãe atrás de cada porta e sinto o bafo dele no travesseiro do meu lado, onde as minhas esposas, que Deus abençoe as duas, deitavam a cabeça, quando apago a luz.

"A gente *tem* que rir do Ceifador.

"Enfim, Steffi, eu bati as fotos de rosto, os 'retratos dormidos', e elas ficaram como era de se esperar. A melhor fez o sujeito parecer que estava dormindo depois de uma bebedeira ou talvez em coma, e foi essa que nós publicamos uma semana depois. Também publicaram no *Daily News* de Bangor, e nos jornais de Ellsworth e Portland. Não adiantou nada, é claro, não no sentido de assustar as pessoas que o conheciam, pelo menos, e acabamos descobrindo que havia uma razão perfeitamente boa para isso.

"Nesse meio-tempo, Cathcart continuou fazendo o trabalho dele, e com aqueles dois panacas de Augusta já bem longe, ele não se opôs à minha presença, desde que não saísse no jornal que ele tinha deixado. Eu falei que era claro que não publicaria, e é claro que nunca publiquei.

"Indo de cima para baixo, primeiro tinha o pedaço de carne que o dr. Robinson identificou na garganta do cara. 'Olha aí a causa da morte, Vince', disse Cathcart, e a embolia cerebral (que ele descobriu muito depois que eu tinha ido pegar a barca de volta pra Moosie) nunca o fez mudar de ideia. Ele disse que se o cara tivesse tido alguém pra aplicar a manobra de Heimlich, ou se ele tivesse feito nele mesmo, talvez ele não tivesse ido parar na mesa de aço com as canaletas dos dois lados.

"Depois, o conjunto do Conteúdo Estomacal Número Um, e com isso eu quero dizer as coisas que estavam por cima, o lanchinho da meia-noite que mal teve chance de começar a ser digerido quando nosso homem morreu e tudo parou de funcionar. Só carne. Talvez uns seis ou sete pedaços no total, bem mastigados. Cathcart achou que talvez chegasse a uns cento e dez gramas.

"Por fim, o Conteúdo Estomacal Número Dois, e agora eu estou falando do jantar do nosso amigo. Essas coisas estavam bem... Bom, não quero entrar em detalhes aqui. Vamos só dizer que o processo de digestão tinha avançado o suficiente para que antes de uma análise completa o dr. Cathcart só pudesse ter certeza que o sujeito tinha comido algo de peixe no jantar, provavelmente com salada e batata frita, umas seis ou sete horas antes de morrer.

"'Eu não sou Sherlock Holmes, doutor', falei, 'mas posso te dar uma resposta melhor do que essa.'

"'É mesmo?', disse ele, meio cético.

"'Aham', respondi. 'Eu acho que ele jantou no Curly's ou no Jan's Wharfside bem ali, ou no Yanko's em Moose-Look.'

"'Por que um desses quando tem uns cinquenta restaurantes num raio de trinta quilômetros de onde estamos que servem peixe mesmo em abril?', perguntou ele. 'Por que não o Grey Gull, por exemplo?'

"'Porque o Grey Gull não se rebaixaria a vender peixe com fritas', falei, 'e foi isso que o cara comeu.'

"Olha, Steffi, eu estava tranquilo a maior parte da autópsia, mas naquela hora comecei a ficar meio embrulhado. 'Esses três lugares que eu citei vendem peixe com batata frita no estilo inglês', falei, 'e eu senti o cheiro do vinagre assim que você abriu o estômago dele.' Aí eu tive que correr pro banheiro minúsculo dele e vomitar.

"Mas eu tinha razão. Eu revelei meus 'retratos dormidos' naquela noite e no dia seguinte fui mostrá-los nos lugares que vendiam peixe com fritas. Ninguém no Yanko's o reconheceu, mas a garota dos pedidos pra viagem do Jan's Wharfside soube na mesma hora. Ela disse que serviu pra ele uma porção de peixe com fritas e uma coca ou uma coca diet, ela não lembrava qual, no final da tarde antes de ele ser encontrado. Ele levou pra uma das mesas, se sentou e comeu olhando para o mar. Perguntei se o homem falou alguma coisa e ela disse que não, só por favor e obrigado. Eu perguntei se ela reparou para onde ele foi quando terminou de comer, por volta de cinco e meia, e ela disse que não."

Vince olhou para Stephanie.

— Meu palpite é que deve ter sido pra doca, pra pegar a balsa das seis da tarde pra Moosie. O horário seria certeiro.

— Aham, foi o que eu sempre achei — disse Dave.

Stephanie se endireitou na cadeira enquanto uma ideia lhe ocorria.

— Era abril. Meados de abril na costa do Maine, mas ele não estava de casaco quando foi encontrado. Ele estava de casaco quando comeu no Jan's?

Os dois sorriram para ela como se ela tivesse acabado de resolver uma equação complicada. Só que Stephanie sabia que o negócio deles, ainda que no nível humilde do *Weekly Islander*, era menos resolver as coisas do que delinear o que *precisava* ser resolvido.

— É uma boa pergunta — disse Vince.

— Linda pergunta — concordou Dave.

— Eu estava guardando essa parte — disse Vince —, mas como não há propriamente uma *história*, não faz diferença guardar as partes boas... e se você quiser respostas, querida, o restaurante fechou. A garota que trabalhava no Jan's não lembrava com certeza, e mais ninguém se lembrava de nada sobre ele. Acho que vamos ter que nos considerar sortudos, por um lado. Se ele tivesse chegado naquele balcão em meados de julho, quando um lugar como aqueles tem um milhão de clientes, todos querendo cestas de peixe com fritas, sanduíches de lagosta e sundaes, ela só se lembraria dele se ele tivesse abaixado a calça e mostrado a bunda.

— Talvez nem assim — disse Stephanie.

— É verdade. Mas ela *se lembrou* dele, só não se ele estava de casaco. Eu não pressionei demais, sabendo que, se pressionasse, ela talvez se lembrasse de alguma coisa só pra me agradar... ou pra me fazer ir embora. Ela disse: "Eu meio que lembro de ele estar usando uma jaqueta verde leve, sr. Teague, mas posso estar errada". E talvez *estivesse*, mas, sabe... eu acho que ela estava certa. Que ele estava vestindo uma jaqueta assim.

— Então onde estava? — perguntou Stephanie. — A jaqueta apareceu?

— Não — disse Dave —, então talvez não *existisse* jaqueta... apesar de eu não conseguir nem *imaginar* o que ele estava fazendo sem jaqueta ao ar livre à beira-mar numa noite de abril.

Stephanie se virou para Vince, de repente com mil perguntas, todas urgentes, nenhuma inteiramente articulada.

— Por que você está sorrindo, querida? — perguntou Vince.

— Não sei. — Ela fez uma pausa. — Sei, sim. É que tenho tantas perguntas que não sei nem por onde começar.

Os dois homens gargalharam ao ouvir isso. Dave chegou a tirar um lenço grande do bolso de trás para secar os olhos.

— Genial! — exclamou ele. — Sim, senhora! Vou te dizer uma coisa, Steff: por que você não finge que está fazendo o sorteio do conjunto de Tupperware no Bazar de Outono da Associação de Senhoras? Fecha os olhos e tira uma do pote de vidro.

— Tudo bem — disse, e apesar de não fazer aquilo, ela chegou perto. — E as digitais do morto? E os registros dentários? Eu achava que quando o assunto era identificar mortos essas coisas eram praticamente infalíveis.

— A maioria das pessoas acha, e devem ser mesmo — disse Vince —, mas você precisa lembrar que isso foi em 1980, Steff. — Ele ainda estava sorrindo, mas seus olhos estavam sérios. — Antes da revolução dos computadores e *bem* antes da internet, essa ferramenta maravilhosa que vocês jovens consideram óbvia. Em 1980, era possível verificar digitais e registros dentários de quem os departamentos de polícia chamam "sujeitos desconhecidos" comparando com as da pessoa que você achava que o elemento podia ser, mas comparar com as digitais e registros dentários arquivados de todos os criminosos procurados pelos departamentos de polícia teria levado anos, e comparar com todas as pessoas desaparecidas registradas todos os anos nos Estados Unidos? Mesmo que você reduzisse a lista a homens entre trinta e quarenta anos? Não seria possível, querida.

— Mas eu achava que as Forças Armadas guardavam registros de computador mesmo naquela época...

— Eu acho que não — disse Vince. — E, se tinham, não acredito que as digitais do Garoto tenham sido enviadas pra lá.

— De qualquer modo, a identificação inicial não veio das digitais e nem dos dentes — disse Dave. Ele entrelaçou os dedos por cima do peito considerável e pareceu quase se empertigar no sol do fim da tarde, agora inclinado, mas ainda quente. — Eu acredito que isso seja conhecido como ir direto ao ponto.

— Então *de onde* veio?

— Isso nos leva de volta a Paul Devane — disse Vince —, e eu *gosto* de voltar a Paul Devane, porque, como eu falei, tem uma história ali, e histórias são minha área. São a minha *praia*, a gente teria dito na época. Devane é uma pequena dose de Horatio Alger, pequeno, porém satisfatório. *Se esforce e tenha sucesso. Trabalhe e vença.*

— *Agarre o touro pelos chifres* — sugeriu Dave.

— Se você quiser — disse Vince tranquilamente. — Claro, aham, se você quiser. Devane foi embora com aqueles dois policiais idiotas, O'Shanny e Morrison, assim que Cathcart deu a eles o relatório preliminar dos feridos no incêndio, porque eles não estavam nem aí pra uma vítima de engasgo acidental que morreu em Moose-Lookit. Cathcart, enquanto isso, abriu a barriga do zé-ninguém na presença deste que vos fala. Na certidão de óbito saiu *asfixia por engasgo* ou um registro médico equivalente a isso. No jornal saiu meu "retrato dormido", que nossos ancestrais vitorianos chamavam, de forma muito mais verdadeira, de "retrato mortuário". E ninguém ligou pra procuradoria-geral nem pra central da polícia estadual em Augusta pra dizer que aquele era o seu pai ou tio ou irmão desaparecido.

"A Funerária Tinnock o deixa no refrigerador por seis dias. Não é a lei, mas, como tantas coisas em questões como essa, Steffi, você descobre que na prática é assim. Todo mundo no ramo da morte sabe, mesmo que ninguém saiba *por quê*. No final daquele período, com ele ainda sem identificação e não tendo sido procurado, Abe Carvey o embalsamou. Ele foi colocado na cripta da funerária no cemitério Seaview…"

— Essa parte é meio macabra — disse Stephanie. Ela percebeu que conseguia visualizar o homem lá, por algum motivo não num caixão (embora ele devesse ter recebido algum tipo de caixa barata), mas deixado numa placa de pedra com um lençol por cima. Um pacote abandonado em uma agência dos correios dos mortos.

— Aham, um pouco — disse Vince tranquilamente. — Quer que eu continue?

— Se você parar agora, eu te mato — disse ela.

Ele assentiu, sem sorrir agora, mas ainda assim feliz com ela. Stephanie não sabia como, mas tinha essa certeza.

— Ele passou o verão e metade do outono lá. Aí, quando chegou novembro e o corpo seguia anônimo e abandonado, decidiram que já era hora de enterrá-lo. — Com o sotaque ianque de Vince, *enterrar* ficou bem parecido com *entrar*. — Antes que o chão ficasse duro demais e já não desse pra cavar, sabe.

— Sei — disse Stephanie baixinho. E sabia mesmo. Desta vez, ela não sentiu a telepatia entre os dois homens, mas talvez estivesse acontecendo, porque Dave continuou a história (a história que havia) sem que o editor sênior do *Islander* precisasse pedir.

— Devane ficou até o final do estágio com O'Shanny e Morrison — disse ele. — Deve até ter dado uma gravata ou algo assim pros dois depois dos três meses ou quatro ou o tempo que tenha sido. Como eu acho que falei, Stephanie, aquele jovem não desistia de nada. Mas, assim que terminou, ele preencheu a papelada na faculdade lá dele, *acho* que ele disse Georgetown, mas não te garanto, e começou de novo, agora fazendo as matérias que precisava pra depois seguir para o curso de direito. Exceto por duas coisas, poderia ser aí que o sr. Paul Devane sai da história… que, como diz Vince, não é uma história de verdade, exceto talvez por essa parte. A primeira coisa é que Devane olhou no saco de provas em algum momento e examinou os pertences do zé-ninguém. A segunda é que ele se envolveu a sério com uma garota, e ela o levou pra casa pra conhecer os pais, como as garotas costumam fazer quando as coisas ficam sérias, e o pai dessa garota tinha pelo menos um mau hábito que era mais comum na época do que é agora. Ele fumava.

A mente de Stephanie, que era boa (os dois homens sabiam disso), na mesma hora resgatou o maço de cigarros caído na areia da praia de Hammock quando o morto tombou. Johnny Gravlin (agora prefeito de Moose-Lookit) o pegara e o colocara no bolso do morto. E aí, outra coisa lhe veio, não num vislumbre, mas num brilho ofuscante. Ela deu um pulo como se tivesse levado uma ferroada. Esbarrou com um dos pés no próprio copo e o derrubou. A coca-cola se espalhou pelas tábuas gastas da varanda e pingou por entre elas nas pedras e plantas abaixo.

Os homens não repararam. Eles conheciam muito bem uma pessoa em estado de graça quando a viam, e estavam observando a estagiária com interesse e prazer.

— *O selo do imposto!* — disse ela, quase berrando. — *Tem um selo de imposto estadual na parte de baixo de todos os maços!*

Os dois a aplaudiram, de forma gentil e muito sincera.

10

Dave continuou: — Vou te dizer o que o jovem sr. Devane viu quando deu a espiada proibida no saco de provas, Steffi. E não tenho dúvida de que ele decidiu espiar mais pra contrariar aqueles dois do que porque acreditava que havia algo de valor numa coleção tão pobre. Pra começar, havia a aliança de casamento do zé-ninguém: um aro simples de ouro, sem nada gravado, nem mesmo uma data.

— Eles não deixaram no...

Ela viu o jeito como os dois a olhavam, e logo percebeu que o que estava sugerindo era besteira. Se o homem fosse identificado, a aliança seria devolvida. Ele poderia então ser enterrado com ela no dedo, se fosse esse o desejo da família. Mas, até lá, era parte da investigação, e tinha que ser tratada assim.

— Não — disse ela. — Claro que não. Que boba, eu. Mas uma coisa: devia haver uma sra. Ninguém em algum lugar. Ou uma sra. Garoto. Né?

— É — disse Vince Teague, com peso na voz. — E nós a encontramos. Um tempo depois.

— E havia Ninguenzinhos? — perguntou Stephanie, pensando que o homem era da idade certa para ter um monte.

— Não vamos nos distrair com essa parte agora, por favor — disse Dave.

— Ah — disse Stephanie. — Desculpa.

— Não precisa se desculpar — disse ele, sorrindo um pouco. — Só não quero me perder. É mais fácil acontecer quando não tem... Como você chama, Vince?

— Não tem fio condutor — disse Vince. Ele também estava sorrindo, mas seus olhos estavam meio distantes. Stephanie se perguntou se foi o pensamento nos Ninguenzinhos que botou a distância naquele olhar.

— Não, não tem fio nenhum — disse Dave. Ele pensou e mostrou que não tinha se perdido na história marcando rapidamente nos dedos cada item. — O conteúdo do saco era a aliança de casamento do falecido, dezessete dólares em uma nota de dez, uma de cinco e duas de um, e umas moedinhas que talvez chegassem a um dólar. Além disso, disse Devane, uma das moedas não era americana. Ele disse que achou que a escrita era russa.

— Russa — comentou ela, maravilhada.

— O chamado alfabeto cirílico — murmurou Vince.

Dave seguiu em frente.

— Havia um rolinho de pastilhas Cert e um pacotinho de chiclete Big Red com uma última tirinha. Havia uma caixa de fósforos com propaganda de coleção de selos na frente. Tenho certeza que você já deve ter visto dessas, eles distribuem em toda loja de conveniência. E Devane disse que dava pra ver uma marca rosa e intensa na faixa usada para riscar o palito. E havia o maço, aberto e com apenas um ou dois cigarros faltando. Devane achava que era só um, e a única marca de fósforo na caixa parecia confirmar isso, ele disse.

— Mas não havia carteira — disse Stephanie.

— Não, senhora.

— E nenhum tipo de identificação.

— Não.

— Alguém cogitou que talvez uma pessoa qualquer tenha aparecido e roubado o último pedaço de carne *e* a carteira do sr. Ninguém? — ela perguntou, e uma risadinha escapou antes que ela conseguisse tapar a boca com a mão.

— Steffi, nós tentamos isso e todo o resto — disse Vince. — Inclusive a ideia de que talvez ele tenha sido desovado na praia de Hammock por uma das Luzes Costeiras.

— Uns dezesseis meses depois que Johnny Gravlin e Nancy Arnault encontraram aquele sujeito — disse Dave —, Paul Devane foi convidado pra passar um fim de semana na casa da namorada na Pensilvânia. Eu tenho que pensar que Moose-Lookit, a praia de Hammock e o zé-ninguém eram a última coisa na cabeça dele naquela ocasião. Ele disse que ia sair à noite com a namorada pra ir ao cinema ou alguma outra coisa do tipo. A mãe e o pai estavam na cozinha, terminando de lavar a louça do jantar, "dando um jeito na bagunça", como a gente diz por aqui, e apesar de Paul ter oferecido ajuda, ele tinha sido expulso pra sala já que não sabia onde se guardavam as coisas. Ele estava sentado lá, em frente à televisão que estava ligada em qualquer coisa, e por acaso olhou na direção da poltrona do Papai Urso, e ali, na mesinha de canto do Papai Urso, ao lado do guia de programação do Papai Urso e do cinzeiro do Papai Urso, estava o maço de cigarros do Papai Urso.

Ele fez uma pausa, abriu um sorriso e deu de ombros.

— Engraçado como as coisas acontecem às vezes. Faz a gente imaginar quantas vezes elas *não acontecem*. Se aquele maço estivesse numa direção diferente, com a parte de cima virada pra ele e não a de baixo, o zé-ninguém poderia ter continuado zé-ninguém em vez de primeiro o Garoto do Colorado e depois o sr. James Cogan de Nederland, uma cidade a oeste de Boulder. Mas a parte de baixo do maço *estava* virada pra ele, e ele viu o selo. Era um *selo*, igual a um selo postal, e isso o fez pensar naquele dia e no maço de cigarros no saco de provas.

"É que um dos supervisores de Paul, Steffi, não lembro se foi O'Shanny ou Morrison, era fumante, e em suas tarefas, Paul já tinha comprado uma montanha de cigarros Camel para o sujeito, e embora esse também tivesse selo, pela lembrança que ele tinha, não era o mesmo do maço no saco de provas. Ele teve a impressão de que o selo dos cigarros do estado do Maine que ele comprava para o detetive era de *tinta*, tipo um carimbo, como fazem na sua mão quando você vai a um baile de cidade pequena ou... sei lá..."

— No Piquenique e Passeio no Feno nas Fazendas Gernerd? — perguntou ela, sorrindo.

— Isso aí! — disse ele, apontando um dedo gorducho para ela como uma arma. — Mas então, aquele não era o tipo de coisa pra sair pulando e gritando 'Eureca! Descobri!', mas a mente dele sempre voltava para aquele fim de semana, porque a lembrança dos cigarros no saco de provas o incomodava. Primeiro de tudo, parecia a Paul Devane que os cigarros do zé-ninguém *deveriam* ter um selo de imposto do Maine, sem importar a origem.

— Por quê?

— Porque só um tinha sido retirado do maço. Que tipo de fumante fuma só um cigarro em seis horas?

— Um fumante leve?

— Um homem que tem um maço cheio e só pega um cigarro em seis horas não é um fumante leve, é um *não* fumante — disse Vince calmamente. — Além disso, Devane viu a língua dele. Eu também. Eu estava de joelhos na frente dele, com o otoscópio do dr. Robinson apontado para dentro da boca do cara. Era rosada como uma balinha de morango. Não era a língua de um fumante.

— Ah, e a caixa de fósforos — disse Stephanie pensativamente. — Um só risco?

Vince Teague estava sorrindo para ela. Sorrindo e assentindo.

— Um só risco — disse ele.

— Nada de isqueiro?

— Nada de isqueiro. — Os dois homens falaram ao mesmo tempo e riram.

11

— Devane esperou até segunda-feira — disse Dave —, e como a história dos cigarros martelava na sua cabeça, mesmo com quase um ano e meio decorrido desde aquela parte de sua vida, ele me ligou e explicou que estava com a ideia de que talvez, só *talvez*, o maço de cigarros que estava com o zé-ninguém não fosse do estado do Maine. Se não, o selo embaixo mostraria de *onde* era. Ele expressou as dúvidas quanto ao zé-ninguém ser fumante, mas disse que o selo do imposto podia ser uma pista mesmo se ele não fosse. Eu concordei, mas fiquei curioso com o motivo de ele ter ligado para mim. Ele disse que não conseguiu pensar em mais ninguém que ainda pudesse estar interessado tanto tempo depois. Ele tinha razão, eu *ainda* estava interessado, assim como o Vince, e no fim das contas ele estava certo com relação ao selo, também.

"Eu não sou fumante nem nunca fui, o que deve ser um dos motivos para eu ter chegado aos sessenta e cinco anos em tão boa forma..."

Vince grunhiu e protestou com um aceno da mão. Dave continuou, inabalado.

— ... então eu desci a rua até a banca Bayside e perguntei se podia dar uma olhada num maço de cigarros. Meu pedido foi concedido e observei que de fato havia um selo *carimbado* no fundo, e não um selo postal. Em seguida, liguei para a procuradoria e falei com um sujeito chamado Murray, no departamento de armazenamento e arquivamento de provas. Fui tão diplomático quanto pude, Stephanie, porque, naquela época, os dois detetives patetas ainda estavam na ativa...

— E eles tinham deixado passar uma pista potencialmente valiosa, não é? — perguntou Steff. — Uma pista que poderia ter limitado a busca pelo zé-ninguém para um único estado. E estava praticamente na cara deles.

— É — disse Vince —, e eles nem podiam culpar o estagiário, porque eles tinham justamente mandado ele não chegar perto das provas. Além do mais, quando ficou claro que ele tinha desobedecido...

— ... ele já estava longe — concluiu ela.

— Isso aí — concordou Dave. — Mas eles não teriam nem levado uma bronca, de qualquer modo. Lembre-se que eles tinham a investigação de um homicídio de verdade em andamento em Tinnock, homicídio culposo, com duas pessoas mortas queimadas. E o zé-ninguém era só uma vítima de engasgo.

— Mesmo assim... — Stephanie pareceu em dúvida.

— Mesmo assim foi burrice e você não precisa ter melindre pra falar, você está entre amigos — disse Dave com um sorriso. — Mas o *Islander* não tinha interesse em causar problema para os dois detetives. Eu deixei isso claro para Murray e também deixei claro que não era um assunto criminal. Eu só estava me esforçando pra descobrir quem era o pobre coitado, porque em algum lugar devia haver gente procurando por ele e querendo saber o que tinha acontecido. Murray disse que teria que me ligar depois, o que eu meio que esperava, mas eu tive uma tarde bem ruim mesmo assim, me perguntando se eu devia ter jogado minhas cartas de outro jeito. Eu poderia, sabe. Poderia ter pedido ao dr. Robinson pra ligar pra Augusta, ou talvez até ter convencido Cathcart a ligar, mas a ideia de usar algum deles ia contra os meus princípios. Acho que pode ser brega, mas eu acredito mesmo que, em nove a cada dez casos, a honestidade é a melhor política. Eu só estava preocupado de aquele acabar sendo o décimo.

"Mas, no final, deu tudo certo. Murray me ligou depois de eu ter concluído que ele não ia ligar e começado a vestir o paletó pra ir pra casa. Não é assim que as coisas costumam ser?"

— O apressado come cru — disse Vince.

— Minha nossa, isso é poesia! Me dá um bloco e um lápis pra eu anotar — disse Dave, sorrindo mais largamente do que nunca.

O sorriso fez mais do que tirar anos do rosto dele; fez com que sumissem voando, e ela conseguiu ver o menino que ele tinha sido. Mas ele ficou sério de novo, e o menino desapareceu.

— Nas cidades grandes, provas se perdem o tempo todo, eu sei, mas acho que Augusta ainda não é tão grande, mesmo sendo a capital do estado. O sargento Murray não teve dificuldade de encontrar o saco de provas com o formulário assinado por Paul Devane. Ele disse que encontrou dez minutos depois de a gente se falar. O restante desse tempo ele havia passado tentando obter permissão da pessoa certa pra me contar o que havia lá dentro... e acabou conseguindo. Os cigarros eram Winston e o selo embaixo era como Paul Devane lembrava: um tipo comum de grudar que dizia COLORADO em letrinhas escuras. Murray disse que passaria a informação pra procuradoria-geral, e que eles agradeceriam de saber "antes da publicação" caso nós descobríssemos a identidade do Garoto do Colorado. Foi como ele o chamou, então acho que podemos dizer que foi o sargento Murray do armazenamento e arquivamento de provas da procuradoria-geral que deu o nome. Ele também disse que esperava que, se nós *tivéssemos* sorte em identificar o sujeito, colocássemos na história que a procuradoria ajudou. Eu achei isso meio fofo, sabe.

Stephanie se inclinou, os olhos brilhando, totalmente absorta.

— E o que você fez em seguida? Como avançou?

Dave abriu a boca para responder, e Vince botou a mão no ombro volumoso do editor-chefe para fazê-lo parar.

— Como você *acha* que a gente agiu, querida?

— Hora da aula? — perguntou ela.

— Isso mesmo — disse ele.

E como ela viu pelos olhos e pela posição da boca (mais por esta última) que ele estava falando com sinceridade, ela pensou com cuidado antes de responder.

— Vocês... fizeram cópias do "retrato dormido"...

— Aham. Fizemos.

— E aí... hum... mandaram junto com as matérias pra... quantos jornais do Colorado?

Ele sorriu para ela, assentiu, fez sinal de positivo com a mão.

— Setenta e oito, srta. McCann, e não sei o Dave, mas me impressionou como tinha ficado barato enviar tantas cópias, mesmo em 1981. O gasto total não deve ter chegado a cem dólares, incluindo os selos.

— E, claro, nós jogamos tudo na conta da firma — disse Dave, que também cuidava do financeiro do *Islander*. — Cada centavo. Como nós tínhamos o direito de fazer.

— Quantos publicaram?

— *Todos eles!* — disse Vince, e deu um tapa forte na coxa estreita. — Aham! Até o *Post* de Denver e o *News* de Rocky Mountain! Porque *na época* havia uma única coisa de peculiar na história e um *lindo* fio condutor, percebe?

Stephanie assentiu. Simples e lindo. Ela percebia, sim.

Vince fez o mesmo gesto para ela com um sorriso largo.

— Homem desconhecido, talvez do Colorado, encontrado numa praia de uma ilha do Maine, a três mil e duzentos quilômetros de distância! Sem menção ao pedaço de carne preso na goela, sem menção ao casaco que só Deus sabe onde tinha ido parar, ou talvez nem tivesse existido, sem menção à moeda russa no bolso! Só o Garoto do Colorado, um Mistério Inexplicado bem básico, e, claro, *todos* publicaram, até os gratuitos que são basicamente só cupons de desconto.

— E dois dias depois que o jornal de Boulder publicou a notícia, perto do fim de outubro de 1981 — disse Dave —, eu recebi uma ligação de uma mulher chamada Arla Cogan. Ela morava em Nederland, perto de Boulder, nas montanhas, e o marido dela tinha desaparecido em abril do ano anterior, deixando-a com o filho que tinha seis meses na época do desaparecimento. Ela disse que o nome dele era James, e apesar de não ter ideia do que ele podia estar fazendo numa ilha perto da costa do Maine, a foto no *Camera* era bem parecida com o marido dela. Muito mesmo. — Ele fez uma pausa. — Acho que ela sabia que era mais do que só uma semelhança casual, porque quando chegou nessa parte, ela começou a chorar.

12

Stephanie pediu para Dave soletrar o primeiro nome da sra. Cogan. Através do sotaque do Maine carregado de Dave Bowie, ela só ouvia um monte de sons de A com um L no meio.

Após fazê-lo, ele falou:

— Ela não tinha as digitais dele. Claro que não, coitada dela, abandonada. Mas ela nos deu o nome do dentista que atendia eles, e...

— Espera, espera, espera — disse Stephanie, levantando a mão igual um guarda de trânsito. — Esse tal Cogan, com o que ele trabalhava?

— Ele era artista comercial numa agência de publicidade de Denver — disse Vince. — Eu vi alguns trabalhos dele e tenho que dizer que ele era bom. Não chegaria a fazer sucesso nacional, mas se você quisesse uma ilustração rápida pra um folheto de propaganda com uma mulher segurando um rolo de papel higiênico como se tivesse pescado uma truta premiada, Cogan era o cara pra isso. Ele ia a Denver duas vezes por semana, às terças e quartas, para reuniões ou convenções comerciais. No resto do tempo, ele trabalhava de casa.

Ela voltou a olhar para Dave.

— O dentista falou com Cathcart, o legista. Certo?

— Você está acertando todas na mosca, Steff. Cathcart não tinha um raio X dos dentes do Garoto, ele não tinha estrutura pra isso e não viu motivo pra mandar o cadáver para o Hospital County Memorial, onde os raios X dos dentes poderiam ser feitos, mas anotou todas as obturações e as duas coroas. Tudo batia. Em seguida, mandou cópias das digitais do morto pra polícia de Nederland, que conseguiu que um perito da polícia de Denver fosse até a residência dos Cogan procurar digitais de James Cogan no escritório. A sra. Cogan, Arla, falou para o homem das digitais que ele não encontraria nada, que ela tinha limpado tudo de cabo a rabo quando finalmente aceitou que seu Jim não voltaria mais, que ou ele a tinha abandonado, o que ela não conseguia acreditar, ou que algo de horrível tinha acontecido, o que ela estava *passando* a acreditar.

"O homem das digitais disse que se Cogan tinha passado 'um tempo considerável' naquele cômodo que tinha sido o escritório, ainda haveria digitais."

Dave fez uma pausa, suspirou, passou a mão pelo que restava do cabelo.

— Havia mesmo, e nós pudemos confirmar quem o zé-ninguém, também conhecido como Garoto do Colorado, era: James Cogan, quarenta e dois anos, de Nederland, Colorado, casado com Arla Cogan, pai de Michael Cogan, seis meses de idade na época do desaparecimento do pai, quase dois anos quando o pai foi identificado.

Vince se levantou e se alongou com as mãos fechadas apoiadas na lombar.

— Que tal a gente entrar, pessoal? Está começando a ficar meio frio aqui e ainda temos um pouco mais pra contar.

13

Cada um deles foi ao banheiro que ficava escondido numa alcova atrás da antiga prensa ofsete que já não se usava mais (o jornal era impresso em Ellsworth, e já era assim desde 2002). Enquanto Dave ia, Stephanie ligou a cafeteira Mr. Coffee. Se a história que não era história fosse durar mais cerca de uma hora (e ela tinha a sensação de que era bem capaz), todos apreciariam uma xícara.

Quando estavam reunidos de novo, Dave farejou na direção da cozinha e assentiu com aprovação.

— Gosto de uma mulher que decidiu que a cozinha não é lugar de escravidão só porque ela trabalha fora pra sobreviver.

— Eu me sinto igual em relação aos homens — disse Stephanie, e quando ele riu e assentiu (ela tinha mandado bem de novo, duas vezes na mesma tarde, um recorde), ela apontou com a cabeça na direção da enorme prensa antiga. — *Aquela* coisa parece lugar de escravidão pra mim — disse ela.

— Ela aparenta ser pior do que era — disse Vince —, mas a que a gente tinha antes era um horror. Aquela arrancava seu braço fora se você não tomasse cuidado e tentava agarrá-lo mesmo se você tomasse. Onde a gente estava mesmo?

— Na mulher que tinha acabado de descobrir que estava viúva — disse Stephanie. — Ela foi buscar o corpo, né?

— Foi — disse Dave.

— E algum de vocês foi buscá-la no aeroporto de Bangor?

— O que você acha, querida?

Stephanie não precisou pensar muito sobre a pergunta. No fim de outubro ou começo de novembro de 1981, o Garoto do Colorado já era passado para as autoridades do estado do Maine... e, como vítima de engasgo, ele era uma história bem insignificante desde o começo. Nada mais que um corpo não identificado, na verdade.

— Claro que foram. Vocês dois eram os únicos amigos que ela tinha no estado do Maine. — Essa ideia teve o efeito estranho de fazê-la perceber que Arla Cogan tinha sido (e, em algum lugar, quase certamente ainda era) uma pessoa de verdade, e não uma peça de xadrez num mistério de Agatha Christie ou num episódio de *Assassinato por escrito*.

— Eu fui — disse Vince suavemente. Ele se inclinou para a frente na cadeira olhando para as mãos, que eram como um encaixe de madeira retorcida entre os joelhos. — E ela não era o que eu esperava. Eu tinha uma imagem na cabeça, baseado em uma ideia errada. Eu devia ter percebido. Eu estou no jornalismo há sessenta e cinco anos, tanto tempo quanto meu cúmplice aqui está vivo, e ele não é mais o galã que acha que é. Nesse tempo todo, eu vi minha cota de cadáveres. A maioria tiraria da cabeça na mesma hora toda aquela coisa de poesia romântica, "Vi uma jovem bela e imóvel". Corpos são coisas bem feias mesmo. Muitos nem parecem mais humanos. Mas isso não era verdade no caso do Garoto do Colorado. Ele estava quase bom o bastante para ser assunto de um daqueles poemas românticos do sr. Poe. Eu o fotografei antes da autópsia, claro, você deve lembrar, e se você olhasse o retrato pronto por mais de um ou dois segundos, ele continuava parecendo mortinho da silva (ao menos pra mim), mas, sim, havia algo meio bonito nele, com as bochechas pálidas e os lábios brancos e aquele toque de lilás nas pálpebras.

— Brrr — disse Stephanie, mas ela sabia o que Vince estava dizendo, e, sim, fazia um poema de Poe surgir na mente. O da perdida Lenore.

— Aham, parece amor verdadeiro pra mim — disse Dave, e se levantou para servir o café.

14

Vince Teague jogou o que pareceu a Stephanie meia caixa de leite semidesnatado no dele e continuou. Ele fez isso sorrindo meio amargo.

— O que estou tentando dizer é que eu esperava uma bonitona pálida de cabelos escuros. O que encontrei foi uma ruiva gorducha cheia de sardas. Eu não duvidei da dor e da preocupação dela nem por um minuto, mas eu chutaria que ela era uma daquelas que comem em vez de fazer jejum quando os ratos estão roendo os nervos. Os pais dela tinham ido de Omaha ou Des Moines ou algum outro lugar assim pra cuidar do bebê, e nunca vou me esquecer como ela pareceu perdida e meio solitária quando saiu do avião, segurando a malinha de mão não ao lado do corpo, mas levantada na frente do peito de pombo. Ela não era nem um pouco como eu esperava, não era a perdida Lenore...

Stephanie levou um susto e pensou: *Talvez agora a telepatia aconteça entre os três.*

— ... mas eu soube quem ela era na mesma hora. Eu acenei e ela veio até mim e disse: "Sr. Teague?". E quando eu disse que sim, que era eu, ela botou a bolsa no chão e me abraçou e disse: "Obrigada por vir me encontrar. Obrigada por tudo. Eu não consigo acreditar que é ele, mas, quando olho a foto, eu sei que é".

"É uma longa viagem de carro até aqui, você sabe melhor do que ninguém, Steff, e nós tivemos muito tempo pra conversar. A primeira coisa que ela perguntou foi se eu tinha alguma ideia de o que o Jim estava fazendo no litoral do Maine. Eu falei que não. Ela perguntou se ele tinha se hospedado num motel da região na noite de quarta..." Ele parou e olhou para Dave. "Eu estou certo? Noite de quarta?"

Dave assentiu.

— Teria que ser sobre uma noite de quarta que ela perguntou, porque foi numa manhã de quinta que Johnny e Nancy o encontraram. Dia 24 de abril de 1980.

— Você simplesmente *sabe* isso — comentou Stephanie, maravilhada.

Dave deu de ombros.

— Coisas assim ficam na minha cabeça — ele lhe disse —, e aí eu esqueço o pão que ia levar pra casa e preciso sair na chuva pra buscar.

Stephanie se virou para Vince.

— Ele *não* deve ter se hospedado num motel na noite anterior a ser encontrado, senão vocês não teriam passado tanto tempo o chamando de zé-ninguém. Vocês poderiam ter conhecido o cara por um nome falso, mas ninguém se cadastra num motel com *esse* nome.

Ele estava concordando com a cabeça bem antes de ela terminar.

— Dave e eu passamos umas quatro semanas depois que encontraram Garoto do Colorado revirando, no nosso tempo livre, claro, os motéis no que o sr. Yeats teria chamado de "uma espiral cada vez maior" com a ilha de Moose-Lookit no meio. Teria sido quase impossível no verão, quando quatrocentos motéis, pousadas, chalés, pensões e quartos competem por hóspedes em um raio de meio dia de viagem de carro a partir da balsa de Tinnock, mas não passou de um trabalho de meio período em abril, porque setenta por cento deles ficam fechados do Dia de Ação de Graças até o Memorial Day. Nós mostramos aquela foto em toda parte, Steffi.

— Sem sucesso?

— Nadinha — confirmou Dave.

Ela se virou para Vince.

— O que ela disse quando você falou isso?

— Nada. Ela ficou sem reação. — Ele fez uma pausa. — Chorou um pouco.

— Claro que chorou, coitada — disse Dave.

— E o que você fez? — perguntou Stephanie, toda a atenção voltada para Vince.

— Meu trabalho — disse ele sem hesitar.

— Porque você é aquele que sempre tem que saber — disse ela. As sobrancelhas peludas e emaranhadas subiram.

— Você acha?

— Sim — disse ela. — Acho. — E olhou para Dave em busca de confirmação.

— Acho que ela foi na mosca nisso, parceiro — disse Dave.

— A pergunta é: não é o *seu* trabalho, Steffi? — perguntou Vince com um sorriso torto. — *Eu* acho que é.

— Claro — disse ela, quase com displicência. Já estava ciente daquilo havia semanas, ainda que, se alguém tivesse perguntado antes de ela ir para o *Islander*, ela teria dado risada da ideia de decidir acerca de sua vocação trabalhando num local tão obscuro. A Stephanie McCann que quase tinha ido para Nova Jersey em vez de Moose-Lookit, no litoral do Maine, agora lhe parecia outra pessoa. Uma pessoa insípida. — O que ela te contou? O que ela sabia?

— Só o suficiente pra tornar uma história estranha ainda mais estranha — disse Vince.

— Me conta.

— Tudo bem, mas aviso logo: é aqui que o fio condutor termina. Stephanie nem hesitou.

— Conta mesmo assim.

15

— Jim Cogan foi trabalhar na agência Mountain Outlook, em Denver, na quarta, dia 23 de abril de 1980, como em qualquer outra quarta — disse Vince. — Foi isso que ela me disse. Ele estava trabalhando em um portfólio de desenhos para a Sunset Chevrolet, uma das grandes montadoras da região, que fazia um monte de anúncios impressos com a Mountain Outlook, um cliente muito valioso. Cogan era um de quatro artistas na conta da Sunset Chevrolet nos últimos três anos, ela disse, e ela tinha certeza de que a empresa estava feliz com o trabalho de Jim, e o sentimento era mútuo: Jim gostava de trabalhar na conta. Ela disse que a especialidade dele era o que ele chamava de "mulheres puta merda". Quando perguntei o que era isso, ela sorriu e disse que eram moças bonitas com olhos arregalados e bocas abertas, normalmente com as mãos pegadas nas bochechas. Como se os desenhos dissessem: "Puta merda, que negócio bom eu consegui na Sunset Chevrolet!".

Stephanie riu. Ela já tinha visto desenhos assim, normalmente em folhetos do Shop'N Save do outro lado da enseada, em Tinnock.

Vince assentia.

— Arla era uma boa artista também, só que com palavras. O que ela me apresentou foi um homem decente, que amava a esposa, o bebê e o trabalho.

— Às vezes os olhos de quem ama não veem o que não querem ver — comentou Stephanie.

— Jovem, porém cínica! — exclamou Dave, não sem certo prazer.

— Aham, mas ela tem um ponto — disse Vince. — A única coisa é que dezesseis meses costuma ser tempo suficiente pra deixar de lado os óculos cor-de-rosa. Se alguma coisa estivesse acontecendo, descontentamento com o emprego ou talvez uma pulada de cerca, o que pareceria mais provável, eu acho que ela teria achado algum indício, ou pelo menos teria farejado, a não ser que o cara fosse absurdamente cuidadoso, porque nos dezesseis meses ela falou com todo mundo que ele conhecia, a maioria duas vezes, e todo mundo disse a mesma coisa: ele gostava do emprego, amava a esposa e idolatrava o filhinho bebê. Ela se apegava a isso. "Ele nunca teria abandonado o Michael", ela dizia. "Eu sei disso, sr. Teague. Eu sei do fundo da alma." — Vince deu de ombros como quem diz *Pode me processar.* — Eu acreditei nela.

— E ele não estava cansado do emprego? — perguntou Stephanie. — Não tinha desejo de mudar?

— Ela disse que não. Disse que ele amava a casa deles nas montanhas, até tinha uma placa na porta que dizia ESCONDERIJO DO HERNANDO. E ela falou com um dos artistas que também trabalhavam na conta da Sunset Chevrolet, um sujeito que colaborava com Cogan havia anos. Dave, você se lembra do nome…?

— George Rankin ou George Franklin — disse Dave. — Não lembro qual de cabeça.

— Não desanima, coroa — disse Vince. — Até Willie Mays errava umas bolas de tempos em tempos, principalmente perto do fim da carreira.

Dave mostrou a língua.

Vince assentiu, como se uma infantilidade assim fosse exatamente o que ele esperava do editor-chefe, e voltou ao fio da história.

— O artista George, seja ele Rankin ou Franklin, disse pra Arla que Jim tinha chegado ao limite do que podia fazer com seu talento e que ele era uma das pessoas de sorte que não só sabiam da própria limitação, mas que a aceitavam bem. Ele disse que a ambição que restava a Jim era um dia seguir para o departamento de arte da Mountain Outlook. Com essa vontade, largar tudo e fugir para o litoral da Nova Inglaterra do nada era a última coisa que ele teria feito.

— Mas ela achou que *foi* isso que ele fez — disse Stephanie. — Não é?

Vince apoiou a xícara de café e passou as mãos pelo que restava de cabelo branco, já todo despenteado.

— Arla Cogan, assim como todos nós — disse ele —, é uma prisioneira das provas.

"James Cogan saiu de casa às seis e quarenta e cinco daquela manhã de quarta-feira pra dirigir até Denver pela rodovia de Boulder. A única bagagem que ele tinha era o portfólio que eu mencionei. Ele estava de terno cinza, camisa branca, gravata vermelha e sobretudo cinza. Ah, e mocassins pretos nos pés."

— Nada de jaqueta verde? — perguntou Stephanie.

— Nada de jaqueta verde — concordou Dave —, mas a calça cinza, a camisa branca e os mocassins pretos eram quase certamente os que ele estava usando quando Johnny e Nancy o encontraram morto na praia, sentado e escorado na lata de lixo.

— E o paletó do terno?

— Nunca foi encontrado — disse Dave. — Nem a gravata. Mas é claro que, se um homem tira a gravata, ele vai quase sempre enfiar ela no bolso do paletó, e eu apostaria que, se o paletó cinza *tivesse* aparecido, a gravata estaria no bolso.

— Ele estava na mesa de desenho do escritório às oito e quarenta e cinco — disse Vince —, trabalhando num anúncio de jornal do King Sooper's.

— O que...?

— Uma rede de supermercados, querida — disse Dave.

— Por volta das dez e quinze — continuou Vince —, o artista George, seja ele Rankin ou Franklin, viu o Garoto se dirigindo aos elevadores. Cogan disse que ia até a esquina comprar o que chamava de "café de verdade" no Starbucks e um sanduíche de pasta de ovos para o almoço, porque planejava comer no escritório. Ele perguntou se George queria alguma coisa.

— Isso foi o que Arla contou enquanto você a levava até Tinnock?

— Sim, senhora. Estava levando a moça pra falar com Cathcart, pra fazer uma identificação formal da foto, "Esse é meu marido, esse é James Cogan", e depois assinar a ordem de exumação. Ele estava nos esperando.

— Tudo bem. Desculpa interromper. Continua.

— Não pede desculpas por fazer perguntas, Stephanie. Fazer perguntas é o que repórteres *fazem*. De qualquer modo, o artista George...

— Seja ele Rankin ou Franklin — acrescentou Dave prestativamente.

— Aham, ele. Ele disse pra Cogan que dispensava o café, mas foi até o saguão dos elevadores com ele pra conversar um pouco sobre a festa de aposentadoria de um sujeito chamado Haverty, um dos fundadores da agência. A festa estava marcada pra meados de maio, e o artista George disse pra Arla que o marido dela parecia animado e empolgado. Eles trocaram ideias de presente de aposentadoria até o elevador chegar, daí Cogan entrou e disse para o artista George que eles podiam falar mais no almoço e perguntar a uma outra pessoa, uma mulher com quem eles trabalhavam, o que *ela* achava. O artista George concordou que era uma boa ideia, Cogan acenou rapidamente, as portas do elevador se fecharam, e essa é a última pessoa que se lembra de ter visto o Garoto do Colorado quando ele ainda estava no Colorado.

— O artista George — disse ela, impressionada. — Você acha que essas coisas teriam acontecido se George tivesse dito "Ah, espera só um minuto, vou pegar meu casaco e vou até a esquina com você"?

— Não dá pra saber — disse Vince.

— *Ele* estava de casaco? — perguntou ela. — Cogan? Estava com o sobretudo cinza quando saiu?

— Arla perguntou, mas o artista George não lembrava — disse Vince. — O máximo que ele conseguiu dizer foi que ele *achava* que não. E deve ser isso mesmo. O Starbucks e a loja de sanduíche eram um ao lado do outro e eram mesmo *bem* na esquina.

— Ela também disse que havia uma recepcionista — disse Dave —, mas a recepcionista não viu os homens irem até o elevador. Disse que ela "devia ter saído da recepção por um minuto". — Ele balançou a cabeça com reprovação. — *Nunca* é assim nos livros de mistério.

Mas a mente de Stephanie tinha captado outra coisa, e ela notou que tinha estado catando migalhas enquanto havia um assado na mesa. Ela ergueu o indicador da mão esquerda ao lado da bochecha esquerda.

— O artista George se despede de Cogan, o Garoto do Colorado, por volta de dez e quinze da manhã. Talvez esteja mais pra dez e vinte quando o elevador chega e ele entra.

— Aham — disse Vince. Ele estava olhando para ela com olhos brilhantes. Os dois estavam.

Agora, Stephanie ergueu o indicador da mão direita ao lado da bochecha direita.

— E a atendente do Jan's Wharfside, do outro lado da enseada, em Tinnock, disse que ele comeu a porção de peixe com batata frita na mesa com vista para o mar por volta das cinco e meia da tarde.

— Aham — disse Vince.

— Qual é a diferença de fuso horário entre o Maine e o Colorado? Uma hora?

— Duas — disse Dave.

— Duas — ela disse, e fez uma pausa e falou de novo. — *Duas*. Então, quando o artista George o viu pela última vez, quando aquelas portas de elevador se fecharam, já passava do meio-dia no Maine.

— Supondo que os horários estão certos — concordou Dave —, e a única coisa que podemos fazer é supor, né?

— É possível? — perguntou ela. — Daria para ele ter chegado aqui nesse tempo?

— Sim — disse Vince.

— Não — disse Dave.

— Talvez — disseram juntos, e Stephanie ficou olhando de um para o outro, confusa, a xícara de café esquecida na mão.

16

— É isso que torna essa história ruim para um jornal como o *Globe* — disse Vince depois de uma curta pausa para tomar o café com leite e organizar os pensamentos. — Mesmo se a gente quisesse contar.
 — E a gente não quer — disse Dave (com uma certa irritação).
 — E a gente não quer — concordou Vince. — Mas se quisesse... Steffi, quando um jornal de cidade grande como o *Globe* ou o *New York Times* publica um artigo ou uma série de reportagens especial, eles querem poder oferecer *respostas*, ou pelo menos sugerir algumas, e quer saber se eu tenho algum problema com isso? Claro que tenho! Pode pegar qualquer jornal de cidade grande. O que você encontra na primeira página? Perguntas disfarçadas de notícias. Onde está Osama bin Laden? Nós não sabemos. O que o presidente está fazendo no Oriente Médio? *Nós* não sabemos porque *ele* não sabe. A economia vai aquecer ou vai despencar? Os especialistas divergem. Ovo faz bem ou faz mal? Depende de qual estudo você lê. Não dá nem pra ler a previsão do tempo e saber se vem um vento nordeste direto do nordeste, porque eles erraram da última vez. Portanto, se publicam uma reportagem especial sobre moradias melhores para minorias, eles querem poder dizer que, se você fizer A, B, C e D, as coisas vão melhorar até 2030.
 — E se eles fizerem um artigo especial sobre Mistérios Inexplicados — disse Dave —, eles querem poder falar que as Luzes Costeiras eram reflexos nas nuvens, e que o Envenenamento do Piquenique da Igreja

provavelmente foi coisa de uma secretária metodista enciumada. Mas tentar lidar com essa questão do tempo...

— Que você por acaso identificou — acrescentou Vince com um sorriso.

— E, claro, é absurdo, não importa *como* você pensa no assunto — disse Dave.

— Mas estou disposto a ser absurdo — disse Vince. — Caramba, eu pesquisei o assunto, quase arranquei o telefone da parede de tanto que fiquei pendurado nele, acho que tenho o direito de seguir pelo absurdo.

— Meu pai dizia que você pode cortar giz o dia inteiro, mas ele nunca vai virar queijo — disse Dave, dando também um pequeno sorriso.

— É verdade, mas me deixa retalhar um pouco mais a história mesmo assim — disse Vince. — Vamos dizer que as portas do elevador tenham se fechado às dez e vinte no fuso horário de Mountain, certo? Vamos também supor que isso tudo foi planejado com antecedência e ele tinha um carro esperando com o motor ligado.

— Certo — disse Stephanie, olhando para ele com atenção.

— Pura fantasia — disse Dave com deboche, mas ele também pareceu interessado.

— É improvável mesmo — concordou Vince —, mas ele estava *lá* às dez e quinze e no Jan's Wharfside pouco mais de cinco horas depois. Isso também é improvável, mas sabemos que é um fato. Posso continuar?

— Manda ver, McDuff — disse Dave.

— Se ele tivesse um carro já ligado esperando, talvez conseguisse chegar a Stapleton em meia hora. Ele com certeza não pegou um voo comercial. Ele pode ter pagado em dinheiro e usado um codinome, isso era possível naquela época. Mas não existiam voos diretos de Denver pra Bangor. De Denver pra nenhum lugar do Maine, na verdade.

— Você conferiu.

— Conferi. Num voo comercial, o máximo que ele poderia ter feito seria chegar em Bangor às seis e quarenta e cinco, bem depois de quando a garota do restaurante viu ele. Aliás, naquela época do ano, isso é depois da última barca do dia partir pra Moosie.

— A última é às seis? — perguntou Stephanie.

— É, até o meio de maio — disse Dave.

— Então ele deve ter vindo num voo fretado — disse ela. — Num *jato* fretado? Tem alguma empresa que fazia voos fretados saindo de Denver? E ele teria como pagar isso?

— Sim pra tudo — disse Vince —, mas teria custado uns dois mil dólares, e a conta bancária deles teria mostrado esse tipo de gasto.

— Não tinha nada lá?

Vince fez que não.

— Não houve nenhum saque significativo antes do desaparecimento dele. Mesmo assim, é o que ele deve ter feito. Eu verifiquei com várias empresas de voos privados e todas me disseram que, num dia bom, com a corrente de jato forte e um pequeno Lear tipo um 35 ou um 55 indo bem pelo meio dela, a viagem teria levado umas três horas, talvez um pouco mais.

— De Denver para Bangor — disse ela.

— De Denver para Bangor, é. Não tem nenhum lugar mais perto da nossa área no litoral onde esses aviõezinhos possam pousar. Não tem pista longa o suficiente, entende?

Ela entendia.

— E você verificou com as empresas de fretamento em Denver?

— Eu tentei. Não dei muita sorte. Das cinco empresas que tinham jatos de algum tamanho, só duas chegaram a responder. Elas não precisavam, né? Eu era só um jornalista de cidade pequena perguntando sobre uma morte acidental, não um policial investigando um crime. Além disso, um deles observou que não era só questão de verificar os FBOS que tinham jatos saindo de Stapleton...

— O que é FBO?

— Operadores de Base Fixa — disse Vince. — Fretar aviões é só uma das coisas que eles fazem. Eles vão atrás de autorizações, oferecem pequenos terminais para passageiros de voos privados poderem *permanecer* em privacidade, eles vendem, mantêm e consertam aeronaves. Dá pra passar pela alfândega dos Estados Unidos em muitos FBOS, comprar um altímetro se o seu quebrar, ou ficar oito horas na sala dos pilotos se seu tempo de voo estiver estourado. Alguns FBOS, como a Signature Air, são negócios grandes, operações de rede que nem um Holiday Inn ou McDonald's. Outros são umas firmas mequetrefes que só têm uma máquina de lanches dentro e uma biruta na pista de pouso.

— Você pesquisou — disse Stephanie, impressionada.

— Aham, o bastante pra saber que não são só pilotos e aviões do Colorado que usam Stapleton ou outros aeroportos do estado, nem na época e nem agora. Por exemplo, um avião de um FBO de La Guardia em Nova York pode voar pra Denver com passageiros que pretendam ficar um mês no Colorado visitando parentes. Daí os pilotos procuram por pessoas interessadas em ir pra Nova York, pra não ter que fazer o voo de volta vazio.

— Ou, hoje em dia, eles teriam os passageiros da volta já acertados desde antes por computador — disse Dave. — Entende, Steff?

Ela entendia. E entendia outra coisa também.

— Então os registros da viagem maluca do sr. Cogan podem estar nos arquivos da Air Eagle, operando em Nova York.

— Ou da Air Eagle de Montpelier, Vermont... — disse Vince.

— Ou da Just Ducky Jets de Washington — disse Dave.

— E se Cogan pagou em dinheiro — acrescentou Vince —, é bem provável que não haja registro algum.

— Mas deve haver todos os tipos de agência que...

— Sim, senhora — disse Dave. — Mais do que dá pra contar, começando com a Administração Federal da Aviação e terminando com a Receita Federal. Eu não ficaria surpreso se a maldita Organização dos Jovens Agricultores estivesse no meio delas. Mas, lidando com dinheiro vivo, a papelada fica escassa. Você se lembra da Helen Hafner?

Claro que ela lembrava. A garçonete do Grey Gull. A mulher cujo filho tinha caído da casa na árvore e quebrado o braço. *Ela recebe tudo*, dissera Vince sobre o dinheiro que ele pretendia colocar no bolso de Helen Hafner, *e o que o Tio Sam não sabe não é da conta dele*. E Dave tinha arrematado: *É assim que os Estados Unidos funcionam*.

Stephanie supunha que era, mas parecia um jeito extremamente problemático de fazer negócio em um caso como aquele.

— Então você não sabe — disse ela. — Você fez o seu melhor, mas não sabe.

Vince primeiro pareceu surpreso, depois achou graça.

— Quanto a fazer o melhor, Stephanie, acho que ninguém tem certeza disso nunca. Aliás, acho que a maioria de nós está condenada, amaldiçoada até, a achar que poderíamos ter feito um tantinho mais, mesmo quando alcançamos o que queríamos. Mas você está enganada. Eu *sei* sim. Ele fretou um jato saindo de Stapleton. Foi isso que aconteceu.

— Mas você tinha dito que...

Ele se inclinou ainda mais por cima das mãos unidas, os olhos grudados nos dela.

— Querida, escuta com atenção e ouve as instruções. Já faz muitos anos que eu lia Sherlock Holmes, então não vou citar com exatidão, mas em certo momento nosso grande detetive diz ao dr. Watson algo do tipo: "Quando você elimina o impossível, o que resta, *por mais improvável que seja*, deve ser a resposta". Nós sabemos que o Garoto do Colorado estava no prédio do trabalho até as dez e quinze ou dez e vinte daquela manhã de quarta. E nós podemos ter certeza de que estava no Jan's Wharfside às cinco e meia da tarde. Levanta os dedos igual você fez aquela hora, Stephanie.

Ela fez o que ele pediu, o indicador esquerdo para o Garoto no Colorado, o indicador direito para James Cogan no Maine. Vince afastou as mãos e tocou o indicador direito dela brevemente com um dele, a velhice encontrando a juventude no ar.

— Mas não vamos chamar esse dedo de cinco e meia — disse ele. — Não temos que confiar na garota do restaurante, que não estava numa correria como estaria em meados de julho, mas sem dúvida estava bem ocupada por ser o começo da hora da ceia e tudo o mais.

Stephanie assentiu. Naquela parte do mundo, a ceia era cedo. A *jantinha* era o que se comia tirado da lancheira ao meio-dia, quando estava no mar pescando lagosta.

— Esse dedo, então, é seis da tarde — disse ele. — Hora da última barca.

Ela assentiu de novo.

— Ele tem que ter vindo nessa, né?

— Só não veio nela se tiver vindo nadando — disse Dave.

— Ou se fretou um barco — emendou ela.

— Nós perguntamos — disse Dave. — Mais importante ainda, nós perguntamos a Gard Edwick, que era o barqueiro na primavera de 1980.

Será que Cogan levou chá pra ele?, ela se perguntou de repente. *Porque, se você quer andar de barca, você tem que levar chá para o timoneiro. Você mesmo disse, Dave. Ou o barqueiro e o timoneiro são duas pessoas diferentes?*

— Steff? — Vince pareceu preocupado. — Você está bem, querida?

— Estou. Por quê?

— Você fez uma cara... sei lá. Pareceu estar com uma coisa estranha.

— Foi meio isso. É uma história estranha, não é? — E aí, ela disse: — Só que não é uma história, você tinha razão sobre isso, e se eu senti algo estranho, acho que é por isso. É tipo tentar andar de bicicleta em uma corda bamba que não existe.

Stephanie hesitou, mas decidiu continuar e arriscar se fazer de boba por completo.

— O sr. Edwick se lembrou do sujeito porque Cogan levou alguma coisa pra ele? Porque ele levou chá para o timoneiro?

Por um momento, nenhum dos dois homens disse nada, só olharam para ela com os olhos inescrutáveis, tão estranha e docemente jovens nos rostos idosos, e ela sentiu que estava à beira de rir ou chorar ou fazer alguma outra coisa, reagir de alguma forma só para acabar com a ansiedade e a certeza crescente de que estava passando vergonha.

— Era uma travessia fria. Alguém, um homem, levou um copinho de café pra cabine do capitão e o entregou a Gard. Eles só trocaram umas poucas palavras. Isso foi em abril, lembre-se disso, e já estava escurecendo. O homem disse: "Travessia suave". E Gard respondeu: "Aham". O homem então disse: "Isso já estava por vir há muito tempo", ou talvez "Eu já estava por vir há muito tempo". Gard disse que pode até ter sido "*Lidle* estava por vir há muito tempo". Esse nome existe. Não tem nenhum na lista telefônica de Tinnock, mas encontrei em algumas outras — disse Vince.

— Cogan estava usando o casaco verde ou o sobretudo?

— Steff — disse Vince. — Gard não só não se lembrava se o homem estava ou não de casaco, mas ele provavelmente não poderia ter jurado num tribunal se o cara estava a pé ou a cavalo. Primeiro porque estava escurecendo. Além disso, foi um pequeno ato de gentileza e algumas palavras trocadas relembradas um ano e meio depois. Outra coisa é que... bom, o velho Gard, sabe... — Ele fez um gesto de garrafa virando.

— Sem querer falar mal dos mortos, mas o homem bebia feito um gambá — disse Dave. — Ele perdeu o emprego de barqueiro em 1985, e a cidade o colocou no limpa-neve pra família não morrer de fome. Ele tinha cinco filhos e uma esposa com esclerose múltipla. Mas ele acabou batendo a limpadora na rua principal um dia trabalhando mamado e fez cair a porcaria da energia por uma porcaria de uma semana inteira em fevereiro, com o perdão pelo linguajar. Aí, ele perdeu esse emprego e ficou por conta da cidade. Se eu fico surpreso de ele não se lembrar de mais coisas? Não, não fico. Mas estou convencido, pelo que ele *lembrou*, que, aham, o Garoto do Colorado veio do continente na última balsa daquele dia e ele levou chá para o timoneiro, ou uma coisa bem parecida. Que bom que você se lembrou disso, Steff. — E ele deu um tapinha na mão dela. Ela sorriu para ele. Pareceu um sorriso meio atordoado.

— Como você falou — disse Vince —, tem essa diferença de duas horas pra botar na conta. — Ele chegou o dedo esquerdo dela para mais perto do direito. — É meio-dia e quinze no fuso daqui quando Cogan sai do trabalho. Ele abandona a postura tranquila de fingir que é um dia como outro qualquer assim que as portas do elevador se abrem no saguão do prédio. No mesmo *segundo*. Sai correndo, como se fosse tirar o pai da forca, pra onde aquele carro veloz e um motorista igualmente veloz o esperam.

"Meia hora depois ele está num FBO em Stapleton, e, cinco minutos depois disso, está subindo a escadinha de um jato particular. Ele também não deixou esse arranjo para o acaso. Não teria como. Tem pessoas que voam em jatos particulares regularmente e ficam algumas semanas. A tripulação que leva essa gente passa essas semanas fazendo outros voos. Nosso menino deve ter escolhido um desses aviões, e quase certamente fez um arranjo usando dinheiro vivo para voar com eles. Para o leste."

— O que ele teria feito se as pessoas no avião que ele planejava pegar tivessem cancelado o voo no último minuto? — perguntou Stephanie.

Dave deu de ombros.

— A mesma coisa que teria feito se o tempo estivesse ruim, acho — disse ele. — Deixar pra outro dia.

Enquanto isso, Vince tinha movido o dedo esquerdo de Stephanie um pouco mais para a direita.

— Agora está chegando perto da uma da tarde na Costa Leste — disse ele —, mas pelo menos nosso amigo Cogan não precisa se preocupar com um monte de burocracias de segurança, não em 1980 e principalmente não voando de jato particular. E temos de novo que supor que ele não precisa esperar uma fila de outros aviões por uma pista livre, porque estragaria a sequência de horários, e enquanto isso tudo ocorria, do outro lado — ele tocou no dedo direito dela —, a barca está esperando. A última do dia.

"O voo dura três horas. Vamos dizer que sim, pelo menos. Meu colega aqui olhou na internet, ele adora aquele treco, e disse que o tempo estava bom naquele dia e que os mapas mostram que a corrente de jato estava mais ou menos no lugar certo..."

— Mas a *força* da corrente é uma informação que eu nunca consegui descobrir — disse Dave. Ele olhou para Vince. — Considerando a fragilidade do seu caso, parceiro, isso não é ruim.

— Vamos dizer três horas — repetiu Vince, e moveu o dedo esquerdo de Stephanie (o que ela estava começando a chamar de dedo do Garoto do Colorado) até estar a menos de cinco centímetros do direito (que ela agora chamava de seu dedo James Cogan Quase Morto). — Não pode ter sido muito mais do que isso.

— Porque os fatos não permitem — murmurou ela, fascinada (e, na verdade, um pouco assustada) com a ideia. Uma vez, quando estava no ensino médio, ela tinha lido um livro de ficção científica chamado *The Moon Is a Harsh Mistress*, "A lua é uma amante cruel". Ela não tinha certeza quanto à lua, mas estava começando a acreditar que podia se dizer o mesmo do tempo.

— Não, senhora, não permitem — concordou ele. — Às quatro da tarde, ou talvez às quatro e cinco, vamos dizer quatro e cinco, Cogan pousa e desembarca na Twin City Civil Air, que era a única FBO do Aeroporto Internacional de Bangor na época...

— Tem algum registro da chegada dele? — perguntou ela. — Você verificou? — Era claro que ela sabia que ele tinha verificado, e também sabia que não tinha dado em nada. Essa história era desse tipo. Que nem um espirro que ameaça, mas nunca acontece.

Vince sorriu.

— Verifiquei, mas nos dias relaxados antes da criação do Departamento de Segurança Interna a única coisa que o Twin City guardava por um tempinho eram os livros-caixa. Eles receberam muitos pagamentos em dinheiro naquele dia, inclusive umas contas gordas de combustível no fim da tarde, mas até isso pode não ser nada. Até onde a gente sabe, quem levou o Garoto poderia ter passado a noite num hotel em Bangor e decolado de novo na manhã seguinte...

— Ou ficou o fim de semana — disse Dave. — Por outro lado, talvez o piloto tenha ido embora imediatamente, sem nem encher o tanque.

— Como ele conseguiria fazer isso tendo vindo de Denver? — perguntou Stephanie.

— Talvez tenha parado em Portland — disse Dave — e enchido o tanque lá.

— Mas por que ele faria isso?

Dave sorriu. Isso provocou nele uma expressão surpreendentemente marota, não muito parecida com a cara de sempre, de uma honestidade sincera e meio boba. Passou pela cabeça de Stephanie que o intelecto por trás daquele rosto gorducho, quase infantil, devia ser tão afiado e veloz quanto o de Vince Teague.

— Cogan pode ter pagado ao sr. Piloto de Denver pra fazer assim porque não queria deixar um rastro documentado — disse Dave. — E o sr. Piloto de Denver provavelmente acataria qualquer pedido razoável, recebendo direito por isso.

— Quanto ao Garoto do Colorado — disse Vince —, ele ainda tem quase duas horas pra chegar a Tinnock, comprar uma cesta de peixe com fritas no Jan's Wharfside, sentar pra comer olhando o mar e pegar a última barca pra ilha de Moose-Lookit. — Enquanto falava, ele foi aos poucos aproximando os indicadores esquerdo e direito de Stephanie até eles se tocarem.

Stephanie ficou olhando, fascinada.

— Daria para ele ter feito isso?

— Talvez, mas seria bem apertado — disse Dave com um suspiro. — *Eu* nunca teria acreditado se ele não tivesse de fato aparecido morto na praia de Hammock. Você teria, Vince?

— Não — disse Vince sem nem parar para pensar.

— Tem quatro pistas de pouso de terra a vinte quilômetros de Tinnock, mais ou menos, todas sazonais. Elas funcionam mais levando turistas em passeios de verão, ou para ver a folhagem de outono quando as cores mudam, embora isso seja só por algumas semanas. Nós conferimos só pra ver se Cogan podia ter fretado um segundo avião, um menorzinho de propulsão tipo um Piper Cub, pra ir de Bangor até o litoral.

— Também não deu em nada, imagino.

— Imaginou certo — disse Vince, e o sorriso dele foi triste e não de espertalhão. — Quando aquelas portas de elevador se fecharam na cara de Cogan no prédio comercial de Denver, essa história toda virou um conjunto de sombras que não dá para agarrar... e um cadáver.

"Três daquelas pistas estavam vazias em abril, fechadas, e um avião *poderia* ter pousado em qualquer uma delas e ninguém saber. A quarta... uma mulher chamada Maisie Harrington morava lá com o pai e uns sessenta vira-latas, e ela alegou que ninguém pousou na pista deles de outubro de 1979 até maio de 1980, mas ela tinha cheiro de alambique, e eu tinha minhas dúvidas se ela se lembrava do que tinha acontecido uma *semana* antes de eu falar com ela, quanto mais um ano e meio."

— E o pai da mulher? — perguntou ela.

— Cego como uma porta e com uma perna só — disse Dave. — Diabetes.

— Ai — disse ela.

— Aham.

— Não tô nem aí pro Jack e pra Maisie Harrington — disse Vince com impaciência. — Eu nunca acreditei na teoria do segundo avião nesse caso do Cogan, assim como nunca acreditei na teoria do segundo atirador no caso do Kennedy. Se Cogan tinha um carro esperando em Denver, e não consigo ver outro jeito, ele podia ter um esperando no terminal particular também. E eu acredito que tinha.

— Isso já é tão forçado — disse Dave. Ele falou não com deboche, mas com desânimo.

— Talvez — respondeu Vince, inabalado —, mas quando você se livra do impossível, o que resta... é o seu filhote, arranhando a porta pedindo pra entrar.

— Ele pode ter ido dirigindo — disse Stephanie, pensativa.

— Carro alugado? — Dave balançou a cabeça. — Acho que não, querida. As agências só aceitam cartão de crédito, e cartões de crédito deixam rastros e registros.

— Além do mais — disse Vince —, Cogan não sabia andar pela parte leste e pelo litoral do Maine. Até onde conseguimos descobrir, ele nunca tinha vindo aqui na vida. Você já conhece as estradas agora, Steffi: só tem uma principal que vem pra cá de Bangor até Ellsworth, mas, quando você chega em Ellsworth, tem três ou quatro opções diferentes, e alguém de fora, mesmo com um mapa, tem boa chance de se confundir. Não, acho que Dave tem razão. Se o Garoto pretendia ir de carro, e se sabia de antemão como sua janela de tempo seria pequena, ele preferiria ter um motorista esperando. Alguém que aceitasse pagamento em dinheiro, dirigisse rápido e não se perdesse.

Stephanie pensou por um tempinho. Os dois homens mais velhos deixaram.

— *Três* motoristas contratados no total — disse ela por fim. — O do meio comandando um jato particular.

— Talvez com um copiloto — disse Dave baixinho. — São as regras, pelo menos.

— É muito estranho — disse ela.

Vince assentiu e suspirou.

— Eu não discordo.

— Você nunca encontrou nenhum desses motoristas, né?

— Não.

Ela pensou mais um pouco, desta vez com a cabeça abaixada e a testa normalmente lisa franzida de forma profunda. Novamente, eles não a interromperam, e depois de uns dois minutos, ela ergueu o olhar de novo.

— Mas *por quê*? O que poderia ser tão importante pra Cogan fazer todo esse esforço?

Vince Teague e Dave Bowie se olharam e olharam para ela. Vince disse:

— *Essa* é uma boa pergunta.

— A pergunta *mais cabeluda* — disse Dave.

— A questão *principal* — disse Vince.

— Claro que é — disse Dave. — Sempre foi.

— Nós não sabemos, Stephanie. Nunca soubemos — disse Vince baixinho.

— O *Globe* não gostaria disso — disse Dave, mais baixo ainda. — Não, nem um pouco.

17

— Claro, nós não somos o *Globe* — disse Vince. — Não somos nem o *Daily News* de Bangor. Mas, Stephanie, quando um adulto ou uma adulta toma um rumo completamente inesperado, todo mundo que escreve pra jornal, seja de veículo grande ou pequeno, procura certos motivos. Não importa se o resultado é que a maioria das pessoas no piquenique da igreja metodista acabou envenenada ou só que a metade masculina de um casamento desapareceu silenciosamente algum dia de semana de manhã para nunca mais ser vista viva. Agora, por enquanto deixando de lado o lugar onde ele foi parar e a improbabilidade de como ele conseguiu ir parar lá, me diz quais são alguns desses bons motivos pra seguir esse caminho inesperado. Vai contando pra mim até eu ver pelo menos quatro dos seus dedos no ar.

Hora da aula, pensou ela, e se lembrou de uma coisa que Vince tinha dito um mês antes, quase de passagem: *Para se ter sucesso no ramo das notícias, não atrapalha em nada ter a mente suja, querida.* Na ocasião, ela achou o comentário bizarro, talvez até quase senil. Agora, ela achava que entendia um pouco melhor.

— Sexo — disse ela, levantando o indicador esquerdo, o dedo do Garoto do Colorado. — Ou seja, outra mulher. — Ela levantou mais um dedo. — Problemas com dinheiro, eu diria dívida ou roubo.

— Não esquece a Receita Federal — disse Dave. — As pessoas às vezes fogem quando percebem que estão encrencadas com o Tio Sam.

— Ela não sabe o pesadelo que a Receita Federal pode ser — disse Vince. — Isso não pode ser usado contra ela. De qualquer modo, Cogan não tinha problemas com a Receita Infernal. Continua, Steffi, você está indo bem.

Ela ainda não estava com dedos suficientes levantados para satisfazê-lo, mas só conseguiu pensar em mais uma coisa.

— A vontade de começar uma vida nova? — perguntou hesitante, parecendo falar mais com ela mesma do que com eles. — De... sei lá... cortar todos os laços e começar de novo como uma pessoa diferente num lugar diferente? — E aí, outra coisa ocorreu a ela. — Loucura? — Ela estava com quatro dedos erguidos agora: um para o sexo, um para o dinheiro, um para a mudança e um para a loucura. Ela olhou incerta para os dois últimos. — Talvez mudança e loucura sejam os mesmos?

— Talvez sejam — disse Vince. — E você poderia dizer que a loucura envolve todos os tipos de vícios dos quais as pessoas tentam fugir. Esse tipo de fuga às vezes é chamado de "cura geográfica". Estou pensando especificamente em drogas e álcool. O vício em jogo é outro para o qual as pessoas tentam a cura geográfica, mas acho que esse problema pode ser incluído com o dinheiro.

— Ele tinha problemas com drogas ou álcool?

— Arla Cogan disse que não, e acredito que ela saberia. E depois de dezesseis meses pra pensar, com ele morto no final, eu acho que ela teria me contado.

— Mas, Steffi — disse Dave (bastante gentilmente) —, quando você pensa bem, a loucura *tem* que estar no meio disso, você não acha?

Ela pensou em James Cogan, o Garoto do Colorado, sentado morto na praia Hammock, encostado numa lixeira com uma bolota de carne entalada na garganta, os olhos fechados virados na direção de Tinnock e da enseada. Pensou que uma das mãos ainda estava fechada, como se segurasse o resto do lanche da noite, um bife que uma gaivota faminta sem dúvida tinha roubado, deixando apenas uma marca de areia grudada na gordura que ficou na palma da mão dele.

— Sim — disse ela. — Tem loucura nisso, em algum lugar. *Ela sabia disso? A esposa?*

Os dois homens se entreolharam. Vince suspirou e esfregou a lateral do nariz fino como uma lâmina.

— Pode ser que soubesse, mas ela tinha a vida dela pra se preocupar, Steffi. Dela e do filho. Se um homem desaparece desse jeito, a mulher que ficou pra trás passa um aperto danado. Ela voltou pro emprego antigo, em um dos bancos de Boulder, mas não tinha como manter a casa em Nederland...

— Esconderijo do Hernando — murmurou Stephanie, sentindo uma pontada de pena.

— Aham, isso. Ela se sustentou sem precisar emprestar muito dinheiro dos pais e nem pegar nada com os sogros, mas usou a maior parte do que eles tinham guardado pra faculdade do pequeno Mike. Quando nós a vimos, eu diria que ela queria duas coisas, uma prática e uma que podemos chamar de... espiritual? — Ele olhou com dúvida para Dave, que deu de ombros e assentiu como quem diz que aquela palavra servia.

Vince também assentiu e continuou.

— Ela queria ficar livre do não saber. Ele estava vivo ou morto? Ela era casada ou viúva? Podia deixar a esperança de lado ou teria que carregá-la mais um pouco? Talvez isso pareça meio cruel, e talvez seja, mas eu achava que, depois de dezesseis meses, a esperança devia estar pesando demais nas costas, muito mais do que dá pra arrastar.

"Quanto à parte prática, era simples. Ela só queria que a seguradora pagasse o que devia. Sei que Arla Cogan não é a única pessoa da história deste mundo a odiar uma seguradora, mas a colocaria no topo da lista só pela intensidade. Ela estava se virando, entende, ela e Michael, morando num apartamentinho de três ou quatro cômodos em Boulder, uma baita mudança depois da bela casa em Nederland, e ela o deixava na creche ou com babás em quem ela não sabia se podia confiar, trabalhava num emprego que não queria, indo pra cama sozinha depois de anos tendo alguém pra dormir de conchinha, preocupada com as contas a pagar, sempre de olho no marcador de combustível porque o preço da gasolina já estava subindo naquela época... e o tempo todo, em seu coração, ela tinha certeza de que ele estava morto, mas a seguradora não iria pagar só porque ela sabia em seu coração, não sem ter um corpo, menos ainda uma causa de morte.

"Ela me perguntava se 'os filhos da mãe', era sempre assim que ela os chamava, podiam 'se safar' de alguma forma, se podiam alegar que foi suicídio. Eu falei que nunca ouvi falar de alguém que se suicidou engasgando com um pedaço de carne, e depois, quando ela fez a identificação formal da foto de morte na presença de Cathcart, ele disse a mesma coisa. Isso pareceu deixá-la um pouco mais tranquila.

"Cathcart entrou na história, disse que ligaria para o agente da seguradora em Brighton, Colorado, para explicar sobre as digitais e a identificação pela foto. Deixaria tudo amarradinho. Ela chorou um pouco quando ouviu isso, em parte de alívio, em parte de gratidão, em parte só de exaustão, acho."

— Claro — murmurou Stephanie.

— Eu a levei até Moosie de barca e a deixei no Red Roof Motel — continuou Vince. — O mesmo lugar onde você ficou quando chegou aqui, né?

— É — disse Stephanie. Ela estava numa pensão havia um mês, mas procuraria algo mais permanente em outubro. Isso se os dois pássaros velhos quisessem ficar com ela. Ela achava que sim. Achava que, em boa parte, aquilo tudo tinha a ver com isso.

— Nós três tomamos café na manhã seguinte — disse Dave —, e como a maioria das pessoas que não fizeram nada de errado e não tiveram muitas experiências com jornais, ela não foi tímida na hora de conversar com a gente. Não pensou que qualquer coisa que ela dissesse podia depois aparecer na primeira página. — Ele fez uma pausa. — E é claro que bem pouco do que ela disse apareceu. Nunca foi o tipo de história que funciona bem na imprensa depois que você passa do fato em questão: Homem encontrado morto na praia Hammock, legista descarta a possibilidade de crime. E, àquela altura, já era uma notícia antiga.

— Sem fio condutor — disse Stephanie.

— Sem *nada*! — exclamou Dave, e riu até tossir. Quando passou, ele secou os cantos dos olhos com um lenço com estampa caxemira que tirou do bolso de trás da calça.

— O que ela contou? — perguntou Stephanie.

— O que ela *poderia* nos contar? — respondeu Vince. — O que ela mais fez foram perguntas. A única que eu fiz foi se o *chervonetz* era pra dar sorte ou uma lembrança ou algo assim. — Ele deu uma risada debochada. — Que jornalista eu fui naquele dia.

— O *chevro*... — Ela desistiu e balançou a cabeça.

— A moeda russa que ele tinha no bolso, misturada com as outras moedas — disse Vince. — Era um *chervonetz*. Uma moeda de dez rublos. Eu perguntei se ele a guardava pra dar sorte. Ela não tinha ideia. Disse que o mais perto que ela e Jim chegaram da Rússia foi quando eles alugaram um filme do James Bond, o *Moscou contra 007*, na Blockbuster.

— Ele pode ter pegado na praia — disse ela, pensativa. — As pessoas encontram todo tipo de coisa na praia. — Ela tinha encontrado um salto alto de mulher, bizarramente liso de tanto ficar indo e vindo entre mar e areia, andando um dia na praia de Little Hay, a uns três quilômetros de Hammock.

— Pode ser, sim — concordou Vince. Ele a mirou, olhos cintilando nas órbitas fundas. — Quer saber as duas coisas de que me lembro melhor daquela manhã depois da visita dela ao Cathcart, em Tinnock?

— Claro.

— Como ela pareceu *descansada*. E como comeu bem quando nos sentamos pra tomar café.

— É verdade — concordou Dave. — Tem aquele ditado sobre o condenado que come uma farta refeição, mas eu acho que ninguém come tão bem quanto o homem ou a mulher que finalmente recebe seu perdão. E, de certa forma, isso aconteceu. Ela podia não saber por que ele veio pra essa nossa parte do mundo, nem o que houve com ele quando chegou, e eu acho que ela percebeu que talvez nunca soubesse...

— Ela percebeu — concordou Vince. — Ela disse quando eu a levei pro aeroporto.

— ... mas ela sabia a única coisa importante: ele estava morto. O coração dela podia estar dizendo isso o tempo todo, mas a cabeça precisava de uma prova junto.

— Sem falar em convencer aquela seguradora chata — disse Dave.

— Ela conseguiu o dinheiro? — perguntou Stephanie.

Dave sorriu.

— Sim, senhora. Eles enrolaram um pouco, essa gente tem tendência de ir rápido quando está vendendo e desacelerar quando alguém pede o seguro. Mas eles acabaram pagando. Nós recebemos uma carta sobre isso, agradecendo o nosso trabalho. Ela disse que, sem nós, ela ainda estaria sem respostas e a seguradora ainda estaria alegando que James Cogan podia estar vivo no Brooklyn ou em Tangiers.

— Que tipo de perguntas ela fez?

— As que se esperaria — disse Vince. — A primeira coisa que ela quis saber foi aonde ele foi quando saiu da barca. Nós não sabíamos. Nós fizemos perguntas... né, Dave?

Dave Bowie assentiu.

— Mas ninguém se lembrava de tê-lo visto — continuou Vince. — Claro que já estaria quase totalmente escuro a essa hora, e não teria motivo pra alguém lembrar. Quanto aos poucos outros passageiros, e naquela época do ano não são muitos, ainda mais na última barca do dia, eles teriam ido direto para seus carros no estacionamento da rua Bay, com as cabeças encolhidas dentro das golas por causa do vento da enseada.

— E ela perguntou sobre a carteira — disse Dave. — Nós só pudemos dizer que ninguém a encontrou... ou ao menos ninguém a entregou para a polícia. Acho que é possível que tenham furtado do bolso dele na barca, tirado todo o dinheiro de dentro e jogado no mar.

— Também é possível que o paraíso seja um rodeio, mas não é provável — disse Vince secamente. — Se ele tinha dinheiro na carteira, por que ele teria mais, aqueles dezessete dólares em notas, no bolso da calça?

— Só por garantia — disse Stephanie.

— Pode ser — disse Vince —, mas não me parece que é por aí. E, sinceramente, a ideia de um ladrão na barca das seis entre Tinnock e Moosie me parece um pouco mais inacreditável do que um artista comercial de uma agência de propaganda de Denver fretando um jato pra voar pra Nova Inglaterra.

— De todo modo, nós não sabíamos dizer onde a carteira foi parar — disse Dave —, nem onde estavam o sobretudo e o paletó, nem por que ele foi encontrado sentado numa praia só de calça e camisa.

— Os cigarros? — perguntou Stephanie. — Ela devia estar curiosa sobre isso.

Vince soltou uma gargalhada.

— Curiosa não é bem a palavra. Aquele maço quase deixou ela louca. Ela não conseguia entender por que ele teria cigarros. E ela nem precisou dizer que não era o caso de ele ter parado um tempo e depois decidido retomar o hábito. Cathcart examinou bem os pulmões dele durante a autópsia, por motivos que sei que você vai entender...

— Ele queria ver se ele não tinha se afogado, no fim das contas? — perguntou Stephanie.

— Isso mesmo — disse Vince. — Se o dr. Cathcart tivesse encontrado água nos pulmões embaixo do pedaço de carne, haveria indicação de alguém tentando disfarçar a verdadeira causa da morte do sr. Cogan. E apesar de isso não ser prova de assassinato, teria apontado para essa possibilidade. Cathcart *não* encontrou água nos pulmões de Cogan e também não encontrou sinal de ele ser fumante. Estava bem rosadinho, ele disse. Mas, em algum lugar entre o trabalho e o aeroporto de Stapleton, e apesar da pressa danada em que ele devia estar, ele deve ter mandado o motorista parar pra ele poder comprar um maço. Ou isso ou ele já tinha comprado e guardado, que é o que eu tendo a acreditar. Talvez junto com a moeda russa.

— Você disse isso pra ela? — perguntou Stephanie.

— Não — respondeu Vince, e nessa hora o telefone tocou. — Com licença — disse ele, e foi atender.

Ele falou brevemente, disse *Aham* umas três vezes e voltou, alongando as costas mais um pouco.

— Era Ellen Dunwoodie — disse ele. — Ela está pronta pra falar do grande trauma que passou quando arrancou aquele hidrante e "fez um papelão". Isso é uma citação exata, embora eu não ache que vá aparecer no meu relato emocionante do evento. De qualquer modo, melhor eu ir logo até lá e pegar a história enquanto a lembrança dela está clara e antes que ela decida fazer o jantar. Sorte que ela e a irmã comem tarde. Se não, eu é que estaria sem sorte.

— E eu *tenho* que ir atrás daquelas notas fiscais — disse Dave. — Deve haver umas doze a mais do que na hora que fomos para o Gull. Juro por essa luz divina que quando a gente deixa elas em cima de uma mesa elas se reproduzem.

Stephanie olhou para eles alarmada.

— Vocês não podem parar agora. Não podem me deixar assim na expectativa.

— Não tem jeito — disse Vince em tom ameno. — *Nós* estamos na expectativa, Steffi, há vinte e cinco anos já. Não tem secretária de igreja enciumada nessa história.

— Nem luzes da cidade de Ellsworth refletidas nas nuvens do leste — disse Dave. — Nem mesmo um Teodore Riponeaux na história, um coitado de um velho marinheiro assassinado por conta de um tesouro pirata hipotético e abandonado no convés sobre o próprio sangue depois que todos os companheiros foram jogados ao mar... e por quê? Como um aviso para outros aspirantes a caçadores de tesouro, caramba! *Isso sim* é um fio condutor, querida!

Dave sorriu... mas o sorriso sumiu.

— Não tem nada assim no caso do Garoto do Colorado. Não tem cordão para as contas, entende, e também não tem Sherlock Holmes ou Ellery Queen para destrinchá-las. Só dois caras que cuidam de um jornal com umas cem matérias por semana pra cobrir. Nenhuma delas muito boa pelos padrões do *Globe*, mas as pessoas da ilha gostam de ler mesmo assim. Aliás, você não ia falar com Sam Gernerd? Pra descobrir os detalhes do famoso passeio no feno, baile e piquenique?

— Eu ia... eu vou... e eu *quero*! Vocês entendem isso? Que eu realmente *quero* falar com ele sobre essa coisa idiota?

Vince Teague caiu na gargalhada e Dave se juntou a ele.

— Aham — disse Vince quando conseguiu falar de novo. — Não sei o que o chefe do seu departamento de jornalismo acharia disso, Steffi, ele provavelmente iria sentar e chorar, mas eu sei que você quer. — Ele olhou para Dave. — *Nós* sabemos que você quer.

— E eu sei que vocês têm outros incêndios pra apagar, mas vocês devem ter *algumas* ideias... algumas *teorias*... depois de tantos anos... — Ela olhou para eles com expressão de súplica. — Não têm?

Eles se olharam, e novamente ela sentiu aquele fluxo telepático entre os dois, mas desta vez não tinha ideia do que o pensamento carregava. Dave olhou para ela.

— O que você realmente quer saber, Stephanie? Conta pra gente.

18

— Vocês acham que ele foi assassinado? — *Isso* era o que ela queria saber de verdade. Eles tinham pedido que deixasse essa ideia de lado, e ela tinha feito isso, mas agora a discussão sobre o Garoto do Colorado estava quase encerrada e ela pensou que eles permitiriam trazer o assunto de volta à pauta.

— Por que você acha que isso é mais provável do que morte acidental, pensando em tudo que contamos? — perguntou Dave, soando genuinamente curioso.

— Por causa dos cigarros. Os cigarros quase tinham que ter sido uma coisa deliberada da parte dele. Ele só não achou que levaria um ano e meio pra alguém descobrir o selo do Colorado. Cogan imaginou que um homem encontrado morto numa praia sem identificação suscitaria mais investigação do que ele teve.

— *Sim* — disse Vince. Ele falou em voz baixa, mas chegou a fechar o punho e sacudir, como um torcedor que acabou de ver um jogador fazer uma jogada-chave ou uma rebatida crucial. — Boa garota. Bom trabalho.

Apesar de só ter vinte e dois anos, havia pessoas de quem Stephanie teria se ressentido por chamá-la de garota. Aquele homem de noventa anos com o cabelo branco ralo, rosto estreito e olhos azuis penetrantes não era uma delas. Na verdade, ela corou de satisfação.

— Ele não tinha como saber que cairia na mão de dois babacas como O'Shanny e Morrison na hora da investigação da morte — disse

Dave. — Não tinha como saber que teria que contar com um estudante de pós-graduação que tinha passado dois meses segurando pastas e buscando café, sem falar em dois velhos que tocavam um jornal semanal que era pouco mais do que um folheto de ofertas do supermercado.

— Pode parar aí, meu irmão — disse Vince. — Você só pode estar querendo arranjar briga. — Ele levantou os punhos idosos, mas com um sorrisinho.

— Eu acho que ele se saiu bem — disse Stephanie. — No fim das contas, acho que ele se saiu muito bem. — E então, pensando na mulher e no bebê Michael (que àquela altura já estaria com vinte e poucos anos): — Ela também, na verdade. Sem Paul Devane e vocês dois, Arla Cogan nunca teria conseguido o dinheiro do seguro.

— Tem um pouco de verdade nisso — admitiu Vince. Ela achou graça de ver que algo naquilo o incomodava. Não porque ele tinha feito uma coisa boa, ela achava, mas porque alguém *sabia* que ele tinha feito uma coisa boa. Havia internet lá. Dava para ver uma antena da Direct TV em praticamente todas as casas. Nenhum barco de pesca saía ao mar sem o GPS ligado. Mas as velhas ideias calvinistas ainda iam fundo: *Não saiba tua mão esquerda o que faz a tua mão direita.*

— O que exatamente vocês acham que aconteceu? — perguntou ela.

— Não, Steffi — disse Vince. Ele falou com gentileza, mas foi firme. — Você ainda espera que Rex Stout saia valsando do armário, ou Ellery Queen de braços dados com Miss Jane Marple. Se soubéssemos o que aconteceu, se tivéssemos alguma ideia, nós teríamos ido atrás dessa ideia até ter certeza. E que se dane o *Globe*, nós teríamos contado tudo que descobrimos na primeira página do *Islander*. Nós podíamos ser homens de *jornaleco* na época, e *velhos* homens de jornaleco agora, mas nós não somos homens de jornaleco velhos e *mortos*. Eu ainda gosto muito da ideia de uma grande reportagem.

— Eu também — disse Dave. Ele tinha se levantado, provavelmente pensando nas notas fiscais, mas tinha agora sentado no canto da mesa e balançava uma perna grande. — Eu sempre sonhei em termos uma história que fosse publicada por todo o país, e esse é um sonho que provavelmente vai morrer comigo. Continua, Vince, conta o que você acha. Ela não vai sair contando. Ela é uma de nós agora.

Stephanie quase estremeceu de satisfação, mas Vince Teague não pareceu notar. Ele se inclinou para a frente e fixou os olhos azul-claros dela com os seus, que tinham um tom bem mais escuro, da cor do mar num dia ensolarado.

— Tudo bem — disse ele. — Eu comecei a pensar que devia haver algo estranho no jeito como ele morreu, além de como ele chegou aqui, bem antes da coisa toda do selo. Eu comecei a me fazer perguntas quando percebi que ele trazia um maço de cigarros e tinha fumado um cigarro só, apesar de estar na ilha desde pelo menos seis e meia da tarde. Eu fui um chato lá na banca Bayside.

Vince sorriu com a lembrança.

— Eu mostrei pra todo mundo da loja a foto de Cogan, inclusive para o faxineiro. Eu estava certo de que ele devia ter comprado o maço lá, a menos que tivesse comprado numa máquina num lugar como os hotelzinhos, o Red Roof ou o Shuffle Inn, talvez no posto de gasolina Sunoco do Sonny. Na minha cabeça, ele devia ter terminado um maço depois de descer da barca, enquanto andava por Moosie, e comprado um maço novo. E eu *também* achava que, se ele tivesse comprado na banca, ele devia ter comprado um pouco antes das onze, que é quando a banca fecha. Isso explicaria por que ele só fumou um e só usou um dos fósforos novos antes de morrer.

— Mas aí você descobriu que ele não era fumante — disse Stephanie.

— Isso mesmo. A esposa dele disse e Cathcart confirmou. E mais tarde eu passei a ter certeza de que o maço de cigarros era uma mensagem: *Eu vim do Colorado, me procurem lá.*

— Nunca vamos ter certeza, mas nós dois achamos que era isso — disse Dave.

— *Meeeu* Deus — ela quase sussurrou. — E aonde isso leva?

Novamente, eles se olharam e deram de ombros de um jeito idêntico.

— Pra uma terra de sombras e raios de luar — disse Vince. — Lugares aonde nenhum jornalista do *Globe* vai, em outras palavras. Mas tem outras coisas de que sei de coração. Você quer ouvir?

— Quero!

Vince falou em uma voz lenta e deliberada, como um homem tateando por um corredor muito escuro onde ele já esteve muitas vezes antes.

— Ele sabia que estava entrando numa situação desesperada, e sabia que talvez não fosse identificado se morresse. Ele não queria isso, provavelmente porque estava com medo de deixar a esposa sem dinheiro.

— Então ele comprou os cigarros, torcendo pra que fossem ignorados — disse Stephanie.

Vince assentiu.

— Aham, e foram mesmo.

— Mas ignorados por *quem*?

Vince fez uma pausa e seguiu sem responder à pergunta.

— Ele desceu pelo elevador e passou pelo saguão do prédio. Havia um carro esperando para levá-lo para o aeroporto de Stapleton, ou na porta ou logo na esquina. Talvez estivessem só ele e o motorista no carro, talvez houvesse mais alguém. Nós nunca saberemos. Você me perguntou antes se Cogan estava de sobretudo quando saiu naquela manhã, e eu disse que o artista George não se lembrava, mas Arla contou que nunca mais viu o sobretudo, então talvez ele estivesse. Se sim, acho que ele o tirou no carro ou no avião. Eu também acho que ele tirou o paletó do terno. Acho que alguém deu pra ele a jaqueta verde pra usar no lugar, ou ela estava esperando por ele.

— No carro ou no avião.

— Aham — disse Dave.

— Os cigarros?

— Não tenho certeza, mas, se tivesse que apostar, eu diria que já estavam com ele — disse Dave. — Ele sabia que isso ia acontecer... o que quer que *isso* fosse. Os cigarros estariam no bolso da calça, eu acho.

— Mais tarde, na praia... — Ela viu Cogan, a versão imaginada dela do Garoto do Colorado, acendendo o primeiro cigarro da vida, o primeiro e último, e depois andando até a beira do mar com ele, ali na praia de Hammock, sozinho ao luar. O luar da meia-noite. Ele dá um trago na fumaça estranha e ácida. Talvez dois. E joga o cigarro no mar. Depois... o quê?

O quê?

— O avião o deixou em Bangor — ela se ouviu com uma voz que soou rouca e estranha para ela mesma.

— Aham — concordou Dave.

— E o carro que ele pegou em Bangor o deixou em Tinnock.

— Aham. — Esse foi Vince.

— Ele comeu uma cesta de peixe com fritas.

— Comeu — concordou Vince. — A autópsia prova. Meu nariz também. Eu senti o cheiro do vinagre.

— A carteira dele já tinha sumido?

— Nós não sabemos — disse Dave. — Nunca vamos saber. Mas eu acho que sim. Acho que ele entregou junto com o sobretudo, o paletó e a vida normal. Eu acho que o que ele recebeu em troca foi uma jaqueta verde, da qual ele também abriu mão depois.

— Ou tiraram do corpo dele — disse Vince.

Stephanie estremeceu. Não teve como controlar.

— Ele vai até a ilha de Moose-Lookit na barca das seis e leva um copo descartável com café para Gard Edwick no caminho, o que poderia ser visto como chá para o timoneiro, ou para o barqueiro.

— Aham — disse Dave. Ele estava muito sério.

— Àquela altura, ele está sem carteira, sem documentos, só tem dezessete dólares e umas moedas que talvez incluam uma russa de dez rublos. Você acha que essa moeda pode ter sido... ah, sei lá... algum tipo de identificação, como num livro de espião? A Guerra Fria entre Rússia e Estados Unidos ainda estava acontecendo, né?

— E estava a toda — disse Vince. — Mas Steffi... se você fosse se meter com um agente secreto russo, você usaria um *rublo* pra se apresentar?

— Não — admitiu ela. — Mas por que mais ele a teria? Pra mostrar pra alguém é a única opção em que eu consigo pensar.

— Eu sempre tive a intuição de que alguém deu pra *ele* — disse Dave. — Talvez junto com um pedaço de carne enrolado em papel-alumínio.

— Por quê? — perguntou ela. — Por que alguém faria isso?

Dave balançou a cabeça.

— Não sei.

— Tinha papel-alumínio na cena do crime? Talvez jogado no mato na ponta da praia?

— O'Shanny e Morrison não procuraram, claro — disse Dave. — Eu e Vince demos uma olhada pela praia de Hammock depois que a fita amarela foi retirada. Nós não estávamos procurando papel-alumínio especificamente, entende, mas qualquer coisa que pudesse ter a ver com o homem morto, qualquer uma mesmo. Não encontramos nada além do lixo comum: embalagens de doces, essas coisas.

— Se a carne estivesse em papel-alumínio ou num saco de papel, o Garoto pode ter jogado na água, junto daquele único cigarro — disse Vince.

— Quanto ao pedaço de carne entalado na garganta dele...

Vince estava sorrindo um pouco.

— Eu tive várias conversas longas sobre aquele pedaço de carne, tanto com o dr. Robinson quanto com o dr. Cathcart. Dave estava junto em algumas. Lembro que Cathcart me disse uma vez, e isso deve ter sido no máximo um mês antes do ataque cardíaco que matou ele seis ou sete anos atrás: "Você volta a essa história antiga igual um garoto que perdeu o dente fica passando a língua no buraco". E eu pensei é, é exatamente isso, é bem assim. É como um buraco que eu não consigo parar de cutucar e lamber, tentando encontrar o fundo.

"A primeira coisa que eu queria saber era se o pedaço de carne podia ter sido enfiado na garganta de Cogan depois de morto, ou com os dedos ou com algum instrumento tipo um garfo de lagosta. E isso passou pela *sua* cabeça, não passou?"

Stephanie assentiu.

— Ele disse que era possível, mas improvável, porque aquele pedaço de carne não só tinha sido mastigado, como mastigado a ponto de poder ser engolido. Não era mais carne, era o que Cathcart chamou de "polpa orgânica". Outra pessoa podia ter mastigado daquele jeito, mas teria pouca chance de colocar lá depois, por medo de parecer insuficiente como causa da morte. Está acompanhando?

Ela assentiu de novo.

— Ele *também* disse que carne mastigada até virar polpa seria difícil de manipular com um instrumento. Acabaria se desfazendo na hora de empurrar do fundo da boca pra garganta. Daria para fazer com os dedos, mas Cathcart disse que acreditava que teria visto sinais disso, provavelmente uma lesão nos ligamentos da mandíbula. — Ele fez uma pausa, pensou e balançou a cabeça. — Tem um termo técnico pra esse tipo de movimento do maxilar, mas não estou lembrando.

— Conta o que Robinson contou — disse Dave. Os olhos dele estavam cintilando. — Acabou dando na mesma que o resto no final, mas eu sempre achei interessante *pra caramba*.

— Ele disse que existem certos relaxantes musculares, alguns exóticos, e que o lanchinho da meia-noite de Cogan podia ter sido batizado com um desses — disse Vince. — Ele conseguiria engolir os primeiros pedaços, pensando no que foi encontrado no estômago, mas de repente se viu com um pedaço que não conseguiu engolir depois de mastigado.

— Deve ter sido isso! — exclamou Stephanie. — Quem botou o remédio na carne ficou sentado olhando ele engasgando! Depois, quando Cogan estava morto, o assassino o apoiou na lixeira e levou o resto da carne, pra não poderem examinar! Não foi gaivota nenhuma! Ela... — Ela parou de falar, olhando para eles. — Por que vocês estão balançando a cabeça?

— A autópsia, querida — disse Vince. — Nada do tipo apareceu nos exames de sangue, a cromatografia gasosa.

— Mas se fosse algo bem exótico...

— Tipo numa história da Agatha Christie? — perguntou Vince com uma piscadela e um sorrisinho. — Bom, talvez... mas também tinha o pedaço de carne na garganta dele, né.

— Ah. É. O dr. Cathcart tinha isso pra examinar, né? — Ela murchou um pouco.

— Aham — concordou Vince —, e fez. Nós podemos ser uns bichos do mato, mas *temos* pensamentos sombrios ocasionalmente. E a coisa mais próxima de veneno naquele pedaço de carne mastigada era um pouco de sal.

Ela ficou em silêncio por um momento. E falou (com uma voz bem grave):

— Talvez tenha sido o tipo de substância que desaparece.

— Aham — disse Dave, e a língua rolou pela parte de dentro da bochecha. — Como as Luzes Costeiras depois de uma ou duas horas.

— Ou o resto da tripulação do *Lisa Cabot* — acrescentou Vince.

— E quando ele saiu da barca, vocês não sabem aonde ele foi.

— Não, senhora — disse Vince. — Nós tentamos descobrir por vinte e cinco anos e nunca encontramos uma pessoa sequer alegando tê-lo visto antes de Johnny e Nancy às seis e quinze da manhã do dia 24 de abril. E só para deixar registrado, não que tenha alguém registrando, eu não acredito que alguém tenha levado o resto de carne da mão dele depois que ele engasgou com aquele pedaço. Eu acho que uma gaivota roubou o resto da mão morta, como sempre supomos. E, caramba, eu tenho *mesmo* que ir.

— E eu tenho que cuidar das notas — disse Dave. — Mas, primeiro, acho que outra paradinha vai ser necessária. — Ele disse isso e saiu na direção do banheiro com esforço.

— Acho que é melhor eu cuidar da coluna — disse Stephanie. E continuou, subitamente, meio rindo e meio séria: — Mas eu quase queria que vocês não tivessem me contado se iam me deixar assim sem resposta! Eu vou levar *semanas* pra tirar isso da cabeça!

— Faz vinte e cinco anos e ainda não saiu da nossa — disse Vince. — E pelo menos você sabe por que nós não contamos para aquele cara do *Globe*.

— É. Eu sei.

Ele sorriu e assentiu.

— Você vai ficar bem, Stephanie. Vai ficar tudo bem.

Ele deu um aperto amigo no ombro dela e foi em direção à porta, pegando o caderninho de repórter na mesa lotada no caminho e o enfiando no bolso de trás. Ele tinha noventa anos, mas ainda andava com facilidade, as costas só um pouco curvadas pela idade. Ele usava uma camisa branca de cavalheiro, as costas cruzadas pelo X do suspensório de cavalheiro. No meio da sala, ele parou e se virou para ela de novo. Um raio de sol do fim da tarde iluminou o cabelo branco fino como de bebê e o transformou numa auréola.

— É um prazer ter você com a gente — disse ele. — Eu queria que você soubesse disso.

— Obrigada. — Ela esperava que a voz não transparecesse o quanto ela estava subitamente a ponto de chorar. — Tem sido maravilhoso. Eu tive um pouco de dúvida no começo, mas... agora, acho que posso dizer que a recíproca é verdadeira. É um prazer estar aqui.

— Você já pensou em ficar? Acho que pensou sim.

— Pensei. Pode ter certeza.

Ele assentiu seriamente.

— Dave e eu falamos sobre isso. Seria bom ter um sangue novo na equipe. Sangue jovem.

— Vocês vão continuar por aí por anos — disse ela.

— Ah, sim — ele disse casualmente, como se fosse uma certeza, e, quando ele morreu, seis meses depois, Stephanie se sentaria numa igreja fria, tomando notas sobre a missa no caderninho dela, e pensaria: *Ele sabia que ia acontecer*. — Eu estarei aqui por anos. Mesmo assim, se você quisesse ficar, nós gostaríamos de receber você. Não precisa responder agora, mas considere isso uma proposta.

— Pode deixar, eu vou pensar. E acho que nós dois sabemos qual vai ser a resposta.

— Que bom. — Ele começou a se virar, mas olhou para ela ainda outra vez. — A aula está quase acabando por hoje, mas eu poderia te contar mais uma coisa sobre o nosso negócio. Posso?

— Claro.

— Tem milhares de jornais e *dezenas* de milhares de pessoas escrevendo pra eles, mas só existem dois tipos de história. Tem as notícias, que normalmente não são histórias, só relatos de eventos se desenrolando. Coisas assim não *precisam* ser histórias. As pessoas pegam o jornal pra ler sobre sangue e lágrimas do mesmo jeito que desaceleram pra olhar um acidente na estrada e depois seguem em frente. Mas o que é que elas encontram dentro dos jornais?

— Os artigos especiais — disse Stephanie, pensando em Hanratty e seus mistérios inexplicados.

— Aham. E esses *são* histórias. Cada um deles tem começo, meio e fim. Isso faz com que sejam notícias felizes, Steffi, sempre notícias felizes. Mesmo que a história seja sobre uma secretária que provavelmente matou metade da congregação no piquenique da igreja porque o amante a rejeitou, essa é uma história feliz, e por quê?

— Não sei.

— Tem que saber — disse Dave, saindo do banheiro e ainda secando as mãos numa toalha de papel. — Você tem que saber se quer trabalhar nesse ramo e entender o que você está fazendo. — Ele jogou o papel no lixo no caminho.

Ela pensou.

— Os artigos são histórias felizes porque elas acabaram.

— Isso mesmo! — exclamou Vince, sorrindo. Ele levantou as mãos no ar como um pastor em delírio. — Eles têm *solução*! Eles têm *encerramento*! Mas as coisas têm começo, meio e fim na vida real, Stephanie? O que a sua experiência te diz?

— Quando se trata de trabalho em jornal, eu não tenho muita — disse ela. — Só no jornal do campus e, você sabe, na coluna Artes & Outras Coisas aqui.

Vince descartou isso.

— O seu coração e a sua cabeça, o que eles te dizem?

— Que a vida normalmente não é assim. — Ela estava pensando em um certo jovem com quem ela teria que conversar se decidisse ficar lá além dos quatro meses... e essa conversa talvez fosse ruim. Provavelmente *seria* ruim. Rick não receberia a notícia bem, porque, na cabeça do Rick, não era assim que a história deveria ser.

— Eu nunca li um artigo que não fosse mentira — disse Vince em tom comedido —, mas normalmente dá pra fazer uma mentira caber na página. Essa não caberia nunca. A menos que... — Ele deu de ombros de leve.

Por um momento, ela não soube o que o movimento de ombros quis dizer. Mas aí se lembrou de algo que Dave tinha dito não muito tempo depois de eles se sentarem na varanda no sol da tarde de agosto. *É nossa*, dissera ele, parecendo quase zangado. *Um cara do Globe, um cara de fora... ele só ferraria tudo.*

— Se vocês tivessem contado essa história para Hanratty, ele *teria* usado, não é? — perguntou ela.

— Não nos cabia dar nada, porque não nos pertence — disse Vince. — Pertence a quem investigar.

Sorrindo um pouco, Stephanie balançou a cabeça.

— Acho que isso não é muito sincero. Acho que você e Dave são as últimas pessoas vivas que sabem a história toda.

— Nós éramos — disse Dave. — Agora tem você, Steffi.

Ela assentiu para ele, aceitando o elogio implícito, e voltou a atenção a Vince Teague, as sobrancelhas erguidas. Depois de alguns segundos, ele riu.

— Nós não contamos pra ele sobre o Garoto do Colorado porque ele teria pegado um verdadeiro mistério inexplicado e transformado num artigo qualquer — disse Vince. — Não mudando fatos, mas enfatizando uma única coisa, digamos que o conceito de relaxantes musculares que podem dificultar a deglutição, e deixando outras coisas de fora.

— Como o fato de que não havia nenhum indício de nada assim nesse caso, por exemplo — disse Stephanie.

— Aham, talvez isso, talvez outra coisa. E talvez ele tivesse escrito assim sozinho, só porque transformar em história algo que não é bem uma história por si só acaba virando hábito depois de alguns anos nesse ramo, ou talvez o editor devolvesse o texto pedindo para ele reescrever.

— Ou o próprio editor faria isso se o prazo estivesse apertado — observou Dave.

— É, os editores têm fama de fazer isso também — concordou Vince. De qualquer modo, o Garoto do Colorado provavelmente acabaria sendo a sétima ou oitava reportagem na série de Mistérios Inexplicados da Nova Inglaterra de Hanratty, algo que as pessoas leriam impressionadas por uns quinze minutos no domingo e daí usariam para forrar a caixa de areia do gato na segunda.

— E aí, não seria mais sua — disse Stephanie.

Dave assentiu, mas Vince balançou a mão como quem diz *Ah, bobagem*.

— Isso eu poderia aguentar, mas penduraria uma mentira no pescoço de um homem que não está vivo para refutá-la, e isso eu *não vou* tolerar. Porque não preciso. — Ele olhou para o relógio. — De qualquer modo, deu minha hora. Quem sair por último não esquece de trancar as portas, tá?

Vince saiu. Eles o viram ir e Dave se virou para ela.

— Mais alguma pergunta?

Ela riu.

— Umas cem, mas nenhuma a que você ou o Vince possam responder, acho.

— Desde que você não se canse de perguntar, tudo bem.

Ele saiu andando até a mesa, se sentou e puxou para si uma pilha de papéis com um suspiro. Stephanie foi na direção da mesa dela, mas algo chamou sua atenção no quadro de avisos que ocupava toda a parede da extremidade da sala, em frente à mesa lotada de Vince. Ela andou até lá para olhar melhor.

A metade esquerda do quadro de cortiça era coberta por primeiras páginas antigas do *Islander*, a maioria amarelada e já se enrolando. No canto mais alto, sozinha, estava a primeira página da semana de 9 de julho de 1952. A manchete dizia LUZES MISTERIOSAS ACIMA DE HANCOCK FASCINAM MILHARES. Abaixo havia uma fotografia creditada a Vincent Teague, que teria trinta e sete anos na época se ela estivesse calculando direito. A foto em preto e branco mostrava um campo de beisebol infantil com um outdoor no centro, ao fundo, dizendo HANCOCK LUMBER SEMPRE SABE O PLACAR!. Para Stephanie, a foto parecia ter sido feita no crepúsculo. Os poucos adultos na única arquibancada bamba estavam em pé, olhando para o céu. O juiz também, em cima da *home plate* com a máscara na mão direita. Um grupo de jogadores, ela supôs que o time visitante, estava reunido em volta da terceira base, como se para se reconfortarem. Os outros garotos, usando calças jeans e camisas de uniforme com as palavras HANCOCK LUMBER impressas nas costas, estavam numa linha irregular no campo, olhando para cima. E no monte de arremesso, o garotinho que estava arremessando segurava a luva no alto, na direção das luzes fortes que pairavam abaixo das nuvens, como se quisesse tocar aquele mistério e trazê-lo para perto, e abrir o coração dele e saber a história.

POSFÁCIO

Dependendo se você gostou ou odiou *O Garoto do Colorado* (acho que para muita gente não vai haver meio-termo quanto a este, e por mim tudo bem), a pessoa a quem você tem que agradecer ou culpar é meu amigo Scott. Foi ele quem me levou o recorte de jornal que deu início a tudo isso.

Todo escritor de ficção já recebeu um recorte de alguém de tempos em tempos, acompanhado da certeza de que o assunto vai render uma história maravilhosa. "Você só vai precisar mudar um pouquinho", diz o portador do recorte com um sorriso otimista. Não sei como isso funciona com outros escritores, mas nunca funcionou comigo, e quando Scott me entregou um envelope com um recorte de um jornal do Maine dentro, eu esperava mais do mesmo. Mas a minha mãe não criou nenhum ingrato, e por isso eu agradeci, levei o envelope pra casa e o joguei na minha mesa. Um ou dois dias depois, abri o envelope, li o artigo e fiquei empolgado na mesma hora.

Perdi o papel desde então, e pela primeira vez o Google, esse idiota sabido do século XXI, não ajudou em nada, então só posso resumir a partir da minha memória, uma fonte de referência notoriamente pouco confiável. Mas, nesse caso, não importa, já que o artigo foi só a fagulha que acendeu o foguinho que queima nestas páginas, e não o fogo em si.

O que chamou minha atenção imediatamente ao abrir o recorte foi um desenho de uma bolsa vermelha. O artigo era sobre a jovem que foi dona da bolsa. Ela tinha sido vista um dia andando na rua principal de uma comunidade de uma ilha pequena na costa do Maine com a bolsa vermelha a tiracolo. No dia seguinte, ela foi encontrada morta numa das praias da ilha, *sem* bolsa ou qualquer tipo de documento. Até a causa da morte era misteriosa, e embora tenha acabado sendo atribuída a afogamento, talvez tendo o álcool como fator de contribuição, esse diagnóstico continua até hoje uma hipótese.

A jovem acabou sendo identificada, mas só depois que o corpo tinha passado um longo e solitário tempo numa cripta no continente. E fiquei de novo com o gosto daquele mistério que as ilhas do Maine, como a de Cranberry e a de Monhegan, sempre tiveram para mim: as atmosferas contrastantes e ao mesmo tempo estranhamente complementares de comunidade e solidão. Há poucos lugares nos Estados Unidos onde os limites entre o mundo Interno e o grande mundo Externo são tão firmes e claros. Os habitantes das ilhas são calorosos com os que pertencem à comunidade, mas guardam muito bem seus segredos de quem não é de lá. E, como Agatha Christie mostra de forma tão memorável em *E não sobrou nenhum*, não existe sala trancada tão grandiosa como uma ilha, mesmo uma em que o continente parece estar apenas a um passo longo de distância numa tarde limpa de verão; nenhum lugar tão perfeito para um mistério.

O mistério é meu assunto aqui, e estou ciente de que muitos leitores se sentirão enganados ou até com raiva por eu não oferecer uma solução ao que foi apresentado. É porque eu não tinha solução a oferecer? A resposta é não. Se colocasse a cabeça para trabalhar (como Richard Adams diz em seu prefácio de *Shardik*), eu provavelmente poderia ter oferecido umas seis: três boas, duas mais ou menos e uma excelente. Desconfio que muitos de vocês que leram o caso sabem quais são algumas ou todas. Mas, nesse caso, eu não tenho interesse na solução e sim no mistério. Porque foi o mistério que me fez voltar à história dia após dia.

Se eu gostei dos dois coroas, roendo incansavelmente o osso do caso no tempo livre mesmo com o passar dos anos, ficando mais velhos?

Sim, gostei. Se eu gostei de Stephanie, que está sendo submetida a uma espécie de teste, julgada por juízes gentis, mas rigorosos? Sim, eu queria que ela passasse. Se eu fiquei feliz com cada pequena descoberta, cada raio de luz que surgiu? Sem dúvida. Mas o que mais me fez continuar foi a ideia do Garoto do Colorado, apoiado lá naquela lata de lixo, olhando para o mar, uma anomalia que levaria até a credulidade mais flexível a seu ponto de ruptura. Talvez até um pouco além. No final, eu nem ligava mais para como ele foi parar lá. Como um rouxinol visto no deserto, o que tirou meu fôlego foi o fato de ele *estar* lá.

E, claro, eu queria ver como meus personagens lidariam com a existência dele. Acontece que eles foram muito bem. Fiquei orgulhoso deles. Agora vou esperar para ver na minha caixa de correio, tanto a eletrônica quanto a física, como *vocês* vão lidar com ele.

Eu não quero insistir na questão, mas, antes de eu ir embora, peço que vocês considerem o fato de que vivemos numa *teia* de mistérios, e simplesmente nos acostumamos tanto a isso que riscamos a palavra e a substituímos por outra de que gostamos mais, sendo ela *realidade*. De onde nós viemos? Onde estávamos antes de estarmos aqui? Não sei. Para onde vamos? Não sei. Muitas igrejas garantem ter as respostas, mas a maioria de nós desconfia de que isso tudo pode ser uma enganação feita para encher as caixas de donativos. Enquanto isso, estamos numa espécie de jogo obrigatório de queimada enquanto caímos em queda livre de Algum Lugar para Não Sabemos Onde. Às vezes bombas explodem e às vezes os aviões pousam direitinho, às vezes os exames de sangue voltam com bons resultados e às vezes as biópsias dão positivo. Na maioria das vezes, o telefonema ruim não acontece no meio da noite, mas às vezes sim, e de qualquer forma nós sabemos que vamos mergulhar de cabeça no mistério em algum momento.

É loucura poder viver com isso e manter a sanidade, mas também é lindo. Eu escrevo para descobrir o que eu penso, e o que eu descobri ao escrever *O Garoto do Colorado* foi que talvez, eu digo *talvez*, seja a beleza do mistério o que nos permite viver sãos enquanto pilotamos nossos corpos frágeis por esse festival de demolição que é o mundo. Nós sempre queremos alcançar as luzes no céu e sempre queremos saber de onde veio o Garoto do Colorado (o mundo é cheio de Garotos do Colorado). Querer saber pode ser melhor do que saber. Não digo isso com certeza; só sugiro. Mas se disserem que eu fracassei e não contei toda a história que havia para contar, eu digo que vocês todos erraram.

Disso eu *tenho* certeza.

Stephen King
31 de janeiro de 2005

ESTA OBRA FOI COMPOSTA PELA ABREU'S SYSTEM EM WHITMAN
E IMPRESSA EM OFSETE PELA GRÁFICA SANTA MARTA SOBRE PAPEL PÓLEN BOLD DA
SUZANO S.A. PARA A EDITORA SCHWARCZ EM JULHO DE 2025

A marca FSC® é a garantia de que a madeira utilizada na fabricação do papel deste livro provém de florestas que foram gerenciadas de maneira ambientalmente correta, socialmente justa e economicamente viável, além de outras fontes de origem controlada.